BurkanaVerlag

FRAU HATICE

Verlag und Herausgeber: BurkanaVerlag
Text: Unetta Steemann
Fotos: Hatice Günay
Karten: Open Street Maps
Gesamtherstellung: BurkanaMedia /www.burkana.de
ISBN: 978-3-9816347-2-3

Hindenburgstraße 77, 26757 Borkum, www.burkana-verlag.de
Tel.: 0 4922 99 00 82
E-Mail: redaktion@burkana-verlag.de

FRAU HATICE

von Hatice Günay

BORKUM
Merkur Offshore
Nordsee Three
Gode Wind 1
Borkum Riffgrund II
NSG Borkum Riffgrund
Norderney
Flugplatz Norderney
Flugplatz Baltrum
Flugplatz Juist
Norden
Nationalpark Niedersächsisches Wattenmeer
Flugplatz Borkum
Randzel
Nationaal Park Schiermonnikoog
Uithuizerwad
Groningerwad
Uithuizen
Emden
Nationaal Park Lauwersmeer
Winsum
Delfzijl
Appingedam
Bedum
Dollart
Kollum
Buitenpost
Zuidhorn
Groningen
Leer (Os
Haren
Leek
Hoogezand
A7
Weener
Roden
Eelde
Winschoten
Drachten
Groningen Airport Eelde
Zuidlaren
Veendam
Oude Pekela
Papenburg

Verkehrslandeplatz St. Peter Ording
Helgoländer Felssockel
Flugplatz Helgoland-Düne
Wesselburen
Büsum
Meldorfer Bucht
Helgoländer Bucht
Nationalpark Hamburgisches Wattenmeer
Neuwerker Watt
Cuxhaven
Großer Knechtsand
Otterndorf
Flugplatz Wangerooge
Nordeversand
Marinefliegerstützpunkt Nordholz
Südeversand
Der Hohe Weg
A 27
Esens
Langen
Solthörner Watt
Wittmund
Jever
Burhave
Bremerhaven
Schortens
Wilhelmshaven
JadeWeserAirport
Nordenham
Jadebusen
Beverstedt
Wiesmoor
Zetel
Varel
Rodenkirchen
Hagen im Bremischen
Jaderberg
Brake (Unterweser)
Hambergen
Westerstede
A 28
Rastede
Elsfleth
Schwanewede
Osterholz-Scharmbeck
A 293
Bad Zwischenahn
Berne
Ritterhude
Lemwerder
Oldenburg
Lilienthal
Edewecht
Hude (Oldenburg)
Bremen

KAPITEL I

»Was ist denn das für eine Bohnenstange?«
Jeder, der Lütfiye zum ersten Mal sah, sagte das oder dachte es zumindest.
Sie war eine Frau von großer Statur und schlank wie eine Tanne. Ein Meter fünfundachtzig vom Scheitel bis zur Sohle. Sie überragte jeden in ihrer Familie und die meisten im Dorf.
»Starr sie nicht so an.« Ismail Yildirim bekam von seinem Freund einen Stoß in die Rippen. »Sag bloß, die interessiert dich. Du gehst ihr nur bis zur Nase, das sehe ich von hier aus. Zusammen werdet ihr lächerlich aussehen. Schau mal, dort, die kleine Brünette. Was hältst du denn von der?«, er streckte den Zeigefinger aus. »Die, da ganz hinten am Feld?«
Ismail schüttelte den Kopf. Er hatte nur Augen für Lütfiye. Die sollte es sein. Vom ersten Augenblick war ihm klar, sie wollte er zur Frau nehmen.
Das Feld lag am nördlichsten Fleck der Türkei, in einem winzigen Ort namens Osmaniye. In dem Dorf und der Umgebung sind mehr oder weniger alle irgendwie miteinander verwandt. Die paar Häuser und vereinzelte Bauernhöfe wiederum standen etwa zwölf Kilometer von der Kleinstadt Sinop entfernt.
Lütfiyes langes schwarzes Haar glänzte in der Sonne. Sie hatte blaue Augen, was für diese Gegend ganz untypisch ist.
Erneut bekam Ismail von seinem Freund einen Stoß in die Rippen. »Was denn? Du hast dich wirklich verguckt? Na wenigstens findest du sie in jeder Menschenmenge gleich wieder.«
Von dem bissigen Kommentar ließ Ismail sich nicht beeinflussen. Sein Entschluss stand fest. Die oder keine.

Lütfiye arbeitete seit Sonnenaufgang auf dem Tabakfeld. Eine der

wenigen Möglichkeiten in der Gegend, um ein bisschen Geld zu verdienen. Aus dem Augenwinkel hatte sie die beiden fremden Männer bemerkt, sich kurz aufgerichtet, um den Rücken
gerade zu machen und den Schweiß von der Stirn zu wischen. Dann bückte sie sich und schnitt die Blätter.
Im Frühjahr hatte sie mit vielen anderen Frauen die Setzlinge, die gut eine Hand hoch unter Glas großgezogen wurden, in engen Reihen in die Erde gesteckt. Das war ähnlich anstrengend gewesen. Vor Monaten musste sie sich tief bücken, jetzt am Ende des Sommers.
Zwischenzeitlich, als die Blüten erschienen, gingen sie durch die Felder, um diese abzuschneiden, damit die Pflanzennährstoffe in die Blätter gehen.
Einige Frauen erzählten, dass es Gegenden gibt, in denen alles vom Setzen bis zum Ernten von Maschinen gemacht wurde. Aber was taten dort die Feldarbeiter?
Im vergangenen Jahr hatten sie einen anderen Vorarbeiter. Der kannte sich aus mit Tabakpflanzen und gab gerne sein Wissen weiter. Er lehrte Lütfiye, dass die unteren Blätter, es sind die größten, für Zigarren verwendet wurden, und zwar als Deck- oder Umblatt. Im oberen Teil der Pflanze saßen am meisten Aroma und Nikotin, das konnte man schon am Duft der Blätter erkennen. Deswegen gingen sie auch mehrmals durch die Felder. Den ersten Erntegang begannen sie mit den unteren Blättern, nachdem sich diese gelblich gefärbt hatten. Dann, in Abständen von sechs oder sieben Tagen ernteten sie von jeder Pflanze zwei weitere Blätter.
Am liebsten hätte der Vorarbeiter dieses alles schon am Vormittag erledigt, da sie dann am besten sind, doch dann hätte er selbst mit anpacken müssen.
Nachdem die Frauen sie auf die Ladefläche des Anhängers gelegt hatten, mussten sie einige Stunden welken.
»Hey«, brüllte der Vorarbeiter eine der Frauen an, »die mit den Löchern in den Blättern kommen auf den anderen Hänger. Blöde Kuh, wie oft muss ich das noch sagen?«
Löchrige Blätter bedeuteten Qualitätsverlust. Er sah es gerne, wenn

die Frauen schon am Rand des Feldes
aussortierten. Vermutlich strich er den Lohn dafür, dass sie schon sortiert angeliefert wurden, selbst ein.
Wenn ihr Rücken es zuließ, würde sie heute Abend auch dabei helfen, die Blätter auf Schnüre aufzufädeln. Danach wurden die Bänder mit den Blättern zum Trocknen in Scheunen und Schuppen aufgehängt. Einige Wochen würde es dauern, bis der Tabak trocken ist.
Die beiden Männer waren immer noch da. Es war heiß, Lütfiye musste sich öfter den Schweiß abwischen.
Mit ihr arbeiteten fünfzehn Frauen und wie fast immer saß der Vorarbeiter im Schatten einer der Anhänger.
Sie überlegte, ob sie ihre Blätter jetzt schon zur Ladefläche bringen sollte. Es interessierte sie, warum die beiden Fremden immer zu ihr herüberschauten. Doch dann ließ sie es bleiben. Sie verspürte keine Lust darauf, vom Vorarbeiter gescholten zu werden, weil ihr Korb nur halb voll war. So neugierig war sie nun auch wieder nicht.
Die drei Männer unterhielten sich eine Weile. Dabei beobachteten sie die Frauen, wie sie eine nach der anderen mit der schweren Last an den Anhänger traten, ihre Ernte vorsichtig darauf abkippten, um sofort danach weitere Blätter von den Pflanzen abzuernten.

»Wer ist sie?«, fragte Ismail. Er hatte einen schwarzen Bart und dunkelbraune Augen und wirkte düster und raubeinig. Er konnte den Blick von der stolzen großen Frau kaum abwenden.
»Sie heißt Lütfiye. Ihre Eltern leben dort.« Mit dem Daumen deutete der Vorarbeiter in die Richtung, in der das Dorf Osmaniye lag, in dem Lütfiye mit Mutter, Vater und den Geschwistern lebte.
»Das Mädchen gefällt mir«, sagte Ismail und schnalzte mit der Zunge. »Die will ich haben.«
»Sie ist schön, stolz und viel zu jung für dich«, scherzte sein Freund und der Vorarbeiter schüttelte nur mit dem Kopf. »Warum sollte sie einen Kerl wie dich heiraten wollen?«
Sie beobachteten Lütfiye. Ihre kerzengerade Haltung unterstrich noch die Körpergröße, mit der sie vielen Männern Ehrfurcht und

Respekt einflößte. Ein Umstand, der die Kerle schreckte, Ismail jedoch auf Anhieb imponierte.
»Sie ist lang wie eine Bohnenstange«, wiederholte sein Freund.
»Genau. Sie soll meine Frau werden.«
»Aber du kennst sie doch gar nicht. Hast noch kein einziges Wort mit ihr gewechselt. Vielleicht ist sie strohdumm, hat zu Hause drei kleine Kinder, hat einen Sprachfehler oder ist unheilbar krank?«
Ismail blickte den Vorarbeiter scharf an. Der schüttelte den Kopf. »Sie ist unverheiratet, hat selbstverständlich keine Kinder.«
»Na, siehst du.« Ismail klopfte seinem Freund auf die Schulter. »Schau doch nur, wie prächtig sie ist und wie schwer sie arbeiten kann.« Ismail war Witwer und er hatte einen kleinen Sohn, den er versorgt sehen wollte. »Du wirst mir ihre Eltern vorstellen!«, forderte er vom Vorarbeiter.

Jeder hat es schon mal erlebt. Man begegnet einem Fremden und weiß sofort, den kann ich leiden oder den mag ich nicht.
Lütfiye spürte Unbehagen, als sie Ismail gegenüberstand. Mit dem wollten ihre Eltern sie verheiraten? Nein, Lütfiye traumte von keinem Ehemann, der zu alt für sie war. Im Moment kam Heiraten sowieso nicht für sie infrage. Lütfiye wollte raus aus dem Dorf, etwas von der Welt sehen. Zuerst einmal in Sinop weiter zur Schule gehen. Sie war begierig darauf, mehr zu lernen, um später eine gutbezahlte Arbeit zu finden. Als Verkäuferin vielleicht oder in einem Büro arbeiten. In Osmaniye gab es nur zwei Möglichkeiten. Feldarbeit oder Ehefrau. Das war nicht ihr Ding. Lütfiye plante, hinaus in die Welt zu gehen, da war kein Platz für einen Ehemann.
Vielleicht, nein, ganz bestimmt würde sie eines Tages heiraten, nur nicht jetzt. Dazu war noch lange Zeit. Und dann sollte es einer sein, zu dem sie aufblicken konnte, körperlich wie geistig. Einer, den sie liebte.
Ihr Traummann sollte klug sein, einer, mit dem sie reden konnte. Vielleicht jemand, der bei einer Bank arbeitete.
Und nun hielt ein Mann, der einen halben Kopf kleiner war als sie, um

ihre Hand an. Einer, den sie nicht kannte, der viel zu alt war, und, wie ihr eine Bekannte erzählte, gelegentlich hier und da etwas arbeitete. Hätte ihr jemand in diesem Moment versichert, dass sie schon in wenigen Wochen seine Frau ist, hätte sie laut gelacht und vehement mit dem Kopf geschüttelt.
»Den heiraten? Warum sollte ich? Ich kann ihn noch nicht einmal gut leiden.«
Lütfiyes Leben wäre ganz anders verlaufen, wäre die eigene Mutter ihr nicht in den Rücken gefallen.

»Ich möchte deine Tochter heiraten«, sagte Ismail zu Lütfiyes Mutter.
»Das werde ich mit meinem Mann besprechen müssen.«
»Ich denke schon, dass er damit einverstanden ist«, war Ismail überzeugt. Er hatte sofort erkannt, dass sie dem Gedanken keineswegs abgeneigt gegenüberstand. Vermutlich lag es an der Körpergröße ihrer Tochter, die ihr Sorgen bereitete, das Mädchen überhaupt unter die Haube zu bringen.
»Lütfiye ist ein stolzes Mädchen«, erklärte die Mutter und machte ein besorgtes Gesicht.
Ismail meinte zwischen den Zeilen herauszuhören, dass dieses Mädchen dem Wunsch ihrer Mutter widersprochen hat. Kein Grund, einen Rückzieher zu machen. »Was sagt Lütfiyes Vater dazu?«
Die Mutter zuckte mit den Schultern. Vermutlich musste Ismail auch ihn dazu bewegen, ihm Lütfiye als Ehefrau anzuvertrauen.
»Ich werde sie schon überzeugen.«
»Aber womit willst du eine ehrgeizige junge Frau wie Lütfiye beeindrucken? Und dann ist da noch der Altersunterschied.«
»Stimmt, ich bin ein klein wenig älter, aber das muss kein Nachteil sein.« Achtzehn Jahre, um genau zu sein.

»Lass dir etwas einfallen«, riet sie und das tat Ismail.
Das, was er plante, würde weder Lütfiye noch ihrem Vater die Möglichkeit geben, Ismails Antrag abzulehnen.

Er scharte sieben Freunde zusammen, die Lütfiye nach der Arbeit auf dem Weg nach Hause abfingen, sie entführten und über Nacht festhielten.
Ein verheerendes Ereignis für den Ruf einer jungen Frau in den beginnenden 1950er Jahren.
Ismails Freunde verhielten sich in dieser Nacht wie Gentlemen, was sie später jedem in die Hand schworen.
Ehrenmänner? Wohl kaum. Sie wussten, welche fatalen Folgen es haben würde. Auch wenn sie anschließend tausendmal versicherten, das Mädchen weder belästigt noch unsittlich angefasst zu haben, was der Wahrheit entsprach, die Schande blieb. Sie war mit fremden Kerlen über Nacht fortgeblieben. Ihr guter Ruf für immer ruiniert.
»Kein Mann wird jemals mehr um ihre Hand anhalten«, jammerte ihre Mutter und Lütfiyes Vater musste davon abgehalten werden, Ismail zu erschlagen.
»Das bringt den guten Ruf unserer Tochter nicht zurück, egal, wie oft wir schwören, dass alles sittsam gewesen ist.«
»Ich gehe in die Stadt«, verkündete Lütfiye, »und es macht mir nichts aus, wenn mich keiner heiraten will.«
»Du bist so jung und so naiv, mein Kind. Was glaubst du wohl, dein Ruf wird dir folgen. Kein Mensch wird dir Arbeit geben. Wie willst du da eine Schule oder eine Ausbildung bezahlen? Wir haben kein Geld, das weißt du. Und denk an deine Geschwister. Die Leute werden mit dem Finger auf sie zeigen, von mir und Papa ganz zu schweigen. Kannst du mir sagen, wie wir mit dieser Schande leben sollen?«
Lütfiye sah, dass ihr Vater aufgegeben hatte, ihr beizustehen. Sie hatte keine Wahl.
Doch es gab noch mehr, was Ismail seiner jungen Braut zumutete.
Als sie endlich den Heiratsantrag annahm, verriet ihr niemand, was Ismail noch im Lebensgepäck mit sich trug.
Erst beim Standesamt erfuhr Lütfiye, dass sie Ismails zweite Ehefrau wurde.
Und es kam noch schlimmer.
Am Abend beim Tanzen wunderte sich Lütfiye über einen kleinen

Jungen, der ständig um das Brautpaar herumhüpfte. Ismail strich ihm gelegentlich über den Kopf und nahm ihn auch mal auf den Arm. Das erste Lächeln an diesem Tag huschte über ihr Gesicht. Eine gute Seite hatte sie an ihrem Ehemann entdeckt. Er mochte Kinder.

»Wer ist der kleine Junge?«, fragte sie, doch niemand schien zu wissen, wem das Kind gehörte. Nicht einmal seinen Namen erfuhr sie an diesem Abend.

»Wer war der Kleine?«, fragte sie am kommenden Morgen Ismail.

»Sein Name ist Erdovan. Er ist mein Sohn und jetzt ist er auch deiner.«

Die Familie bezog Ismails winziges Häuschen mit kleinem Garten, einem klapprigen Stall mit Hühnern, Enten, Gänsen und zwei Kühen.

KAPITEL 2

Die eigene Mutter und der Ehemann hatten sie hereingelegt. Ein unerträgliches und kaum zu beschreibendes mieses Gefühl. Dabei sollten gerade die beiden Menschen sie doch am meisten lieben.
Lütfiye beugte sich dem Schicksal, was blieb ihr anderes übrig? Sie musste sich arrangieren. Mit dem zukünftigen Leben, dem Ehemann, dem Stiefsohn und dem Vieh.
Das Haus war ärmlich. Es bestand aus nur zwei Räumen. Der Hauptraum wurde beherrscht von einem Ofen. Hier wurde gekocht und gewohnt. Das zweite Zimmer diente als Schlafzimmer. Der Abort lag in einem kleinen Holzhäuschen. Wenn man es benutzen wollte, musste man das Haus verlassen und über den Hof gehen. Wasser musste aus dem Brunnen mitten im Hof geholt werden.
Die Arbeitsteilung bestimmte Ismail. Sie hütete das Haus, wusch mit der Hand die Wäsche, kümmerte sich um den kleinen Gemüsegarten, backte Brot, kochte, betreute das Kind und ging weiterhin auf fremde Felder, um Geld zu verdienen. Sie verkaufte überschüssige Eier, machte aus der Milch Butter, Joghurt und Käse und veräußerte auch den.
Ihr Stiefsohn Erdovan musste sich um die Tiere kümmern, was er leider oft versäumte und sie es deshalb für ihn erledigte, um den Frieden im Haus nicht zu gefährden. Ismail war aufbrausend und die Hand saß ihm locker. Er verbrachte viel Zeit irgendwo in der Gegend, vermutlich mit Freunden. Er hatte keine feste Arbeit, half gelegentlich auf einem Feld. Was naturbedingt keine zwölf Monate im Jahr ausfüllte und oft mit Naturalien bezahlt wurde. Auch betätigte er sich als Leihpächter, das heißt, er beackerte die Grundstücke anderer. Den Gewinn teilte er sich mit den Eigentümern der Felder. Sie bauten Mais, Bohnen, Hafer, Kartoffeln, Auberginen, Tomaten und vieles mehr an. Einen Großteil davon verbrauchte die Familie

selbst, nur weniges konnten sie verkaufen. In den umliegenden Wäldern standen Walnuss- und Haselnussbäume, die der Gemeinde gehörten. Die Kommune erlaubte jedem, sich an den Früchten zu bedienen, was Lütfiye und viele ihrer Nachbarn gerne in Anspruch nahmen.
Das Leben war ärmlich, Geld hatten die Yildirims selten.
Ismail zeigte sein wahres Gesicht schnell. Nachdem sein anfänglicher Stolz, eine große schöne Frau sein Eigen zu nennen, sich im Laufe der kommenden Monate abschliff, schaute und lief er wieder jedem Rock hinterher. Was die anderen Frauen an ihm fanden, würde Lütfiye ein Rätsel bleiben, dennoch schmerzten sie die Seitensprünge ihres Mannes, zumal das ganze Dorf davon wusste.
Nur gelegentlich fand Ismail eine Anstellung gegen Barzahlung, was viele Gründe hatte. Zum einem gab es in der Gegend kaum Arbeit, zum anderen war Ismail kein Freund derselben und seine Frauengeschichten trugen auch nicht gerade dazu bei, ihn zu beschäftigen.
Lütfiye versuchte sich klaglos in ihr Schicksal zu fügen, wollte sie seinen Zorn nicht wecken. Ismail konnte sehr zornig werden und hatte das eine oder andere Mal durch Handgreiflichkeiten dazu beigetragen, dass Lütfiyes Stolz brach und sie sich fügte.
Schnell wurde sie schwanger, die Monate vergingen, der Geburtstermin rückte näher.
Es gab eine Frau im Dorf, die als Hebamme arbeitete. Einen Arzt zu rufen, war unüblich, zudem musste dieser aus der nahegelegenen Stadt Sinop kommen und sie hatten kein Geld, um ihn zu bezahlen. Die Geburt fand zu Hause statt und verlief reibungslos, doch das Baby war mager, apathisch und unterernährt.

»Sie wird sterben.«
»Nein, das kann nicht sein.«
»Wenn ich es doch sage. Wir können nur beten« Die Hebamme betrachtete das Neugeborene. Sie hatte viele dem Tod geweihte Säuglinge gesehen, um ein treffendes Urteil abgeben zu können.

Da konnte sie sich den Kummer der Wöchnerinnen und deren Angehörigen nicht zu Eigen machen, ohne daran zu zerbrechen. Flüsternd fügte sie an: »Keine Woche gebe ich ihr.«
Die Wöchnerin Lütfiye Yildirim stöhnte, hob den Kopf und ließ ihn erschöpft auf das Kissen zurücksinken.
»Lasst mich mein Kind sehen.«
Die Hebamme und die Nachbarin, die bei der Geburt geholfen hatten, versperrten der jungen Mutter die Sicht auf ihr Kind. Sie wechselten einen schnellen Blick miteinander, dann betrachteten sie wieder das winzige Mädchen. Sie sah aus wie ein abgezogenes Kaninchen, das in seinem Stall verhungert war.
Ohne dass Lütfiye es hören konnte, murmelte die Hebamme: »Sie ist blutjung, sie wird noch viele Babys bekommen.«
Als ob das ein Trost ist.
»Dann gib mir das Kind«, sagte die Nachbarin Elmas zur Hebamme. »Ich bekomme sie durch.«
»Du?« Die Hebamme klang überrascht, dann änderte sich ihr Gesichtsausdruck und sie wirkte brüskiert. »Zweifelst du an den Erfahrungen einer Geburtshelferin?«
»Nein. Aber ich habe viel Vertrauen in mich selbst.«
»Gebt mir mein Kind«, unterbrach Lütfiye mit zittriger Stimme. »Ich will es wenigstens einmal in den Armen halten.«
»Du wirst die Kleine noch oft an deine Brust drücken können, das verspreche ich dir.«
Die beiden älteren Frauen tauschten erneut einen Blick. Diesmal lag keine Verbundenheit mehr darin. Die Hebamme schüttelte den Kopf. Eine winzige graue Strähne löste sich aus den hochgesteckten schwarzen Haaren, mit einer wütend wirkenden Bewegung strich sie es nach hinten. Ihre Augen sagten deutlich: Wie kannst du nur so unbedachte Äußerungen gegenüber einer Wöchnerin aussprechen.
»Habt ihr einen Namen für sie?«
»Hatice.«
»Ein schöner Name«, sagte die Hebamme und begann Lütfiye zu versorgen. Dem Kind schenkte sie fürs Erste keine Beachtung

mehr, überließ mit dieser Geste die Verantwortung daran der vorlauten Nachbarin. »Sie hat die Geburt gut überstanden und wird noch viele Kinder bekommen«, wiederholte sie, als die Versorgung abgeschlossen war. »Meinetwegen kümmere du dich um das Kind.«
Über das Bett der Wöchnerin hinweg nickten die beiden Frauen sich zu. Der Frieden zwischen ihnen war wieder hergestellt.
»Na, dann wollen wir mal sehen, ob die Kleine wenigstens trinkt.« Die Hebamme half, den Säugling anzulegen. Kraftlos nuckelte Hatice an der Brustwarze herum. »Die Milch will nicht fließen.«
»Dann gebt sie mir, ich habe genug davon.«
»Und dein eigener Junge?«
»Keine Angst, er wird schon satt werden.«
»Ich will es erst selbst versuchen«, erklärte Lütfiye, doch es wollte nicht gelingen.
Es dauerte noch einige Zeit, in der die winzig kleine Hatice mittlerweile vor Hunger schrie, ehe Lütfiye ihre Bemühungen aufgab und Hatice zum Stillen an die Nachbarin übergab.
»Wann kommt der Vater, um seine Tochter zu begrüßen?«, wollte die Hebamme wissen, bevor sie ging. Sie wollte für ihre Dienste schließlich einen Lohn erhalten. Die Wöchnerin schloss nur die Augen und die Hebamme nickte weise. Vermutlich war er dort, wo alle werdenden Väter sich herumtrieben. In einem Wirtshaus oder bei Freunden, um das Ereignis zu begießen.
»Komm morgen ganz früh vorbei«, riet die Nachbarin. »Dann haben die Hühner ein paar Eier gelegt.«
Die Hebamme zeigte alle ihre Finger, was bedeutete, sie verlange wenigstens zehn Eier.

Die Nachbarin kam mehrmals täglich herüber, um Hatice zu stillen, und brachte gelegentlich auch ihr eigenes Baby mit. Eines Morgens im schwachen Licht der Gaslampe, die beiden Babys lagen nebeneinander auf dem Bett, der Junge nur vier Tage älter aber fast doppelt so groß, sagte sie zu Lütfiye: »Wenn Hatice eines Tages heiratet, wäre es nett, wenn sie mir vier Meter Stoff für ein schönes Kleid kaufen wird. Ich

gehe mal davon aus, dass ich zu dieser Hochzeit eingeladen werde, schließlich bin ich ja so etwas wie ihre zweite Mama.«
»Wenn sie am Leben bleibt, kannst du auch sechs oder meinetwegen acht Meter Stoff bekommen.«
»Abgemacht. Wenn sie heiratet, erhalte ich vier Meter.«
Die beiden Frauen reichten sich die Hände.

Sechs Monate lag stillte Elmas sowohl ihren Sohn als auch die kleine Hatice, die gut an Gewicht zulegte.
»Kann sie auch etwas anderes als nur heulen«, beschwerten sich Ismail und sein Sohn Erdovan, weil Hatice sich alle vier Stunden lautstark meldete. Wenn das Baby weinte, machte Lütfiye sich auf den Weg hinüber zur Nachbarin.
Mit dem Säugling war Lütfiyes Tag noch arbeitsintensiver als zuvor. Viele Windeln mussten gewaschen werden. Eine Waschmaschine besaßen nur die reichen Leute. Lütfiye hätte sie sowieso nicht gebrauchen können, denn es gab keinen Strom. Nur wenige im Dorf besaßen einen Anschluss.
Eines Nachts ging ihnen das Gas fürs Licht aus.
»Geh rüber und kauf welches«, bat sie Ismail.
»Wozu brauchst du Licht? Den Weg zur Nachbarin müsstest du mittlerweile mit geschlossenen Augen finden.«
Es war der Ehemann von Hatices Amme, der am kommenden Tag das Gas besorgte und ins Haus der Familie Yildirim brachte. Er tat es, als Ismail auf einem der Felder arbeitete, so wie er einiges für Lütfiye am Haus erledigte, was eigentlich Ismails Aufgabe war.
Hatice wurde älter, doch sie blieb dünn, klein und schwächlich. Erst als sie dreieinhalb Jahren alt war, begann sie alleine zu laufen.
»Sie sieht immer noch wie ein abgezogenes Kaninchen aus, das eine Hungersnot hinter sich hat«, sagte Lütfiye oft, wenn sie und Elmas sich auf einen kleinen Plausch trafen. »Aber dank deiner Hilfe haben wir sie durchgebracht. Unsere Wette ist nicht vergessen. Ich hoffe, wenn Hatice einmal heiraten sollte, wird sie es sein, die dir vier Meter Stoff für ein schönes Kleid kaufen kann.«

»Ich bin also immer noch zu dieser Hochzeit eingeladen?«, scherzte Elmas.
»Selbstverständlich. Schließlich bist du ja so etwas wie ihre zweite Mama.«

Im Dorf halfen sich die Frauen untereinander und teilten ihr Wissen. Lütfiye interessierte sich sehr für Schwangerschaften und Geburten, begleitete die Hebamme, ließ sich vieles zeigen und half bei einigen Geburten tatkräftig mit. Als sie selbst zum zweiten Mal schwanger wurde, wusste sie, was ihr bevorstand und nutzte das bisschen Freizeit, das ihr blieb, um sich auf die Niederkunft vorzubereiten.
Nurhayat wurde im Frühjahr 1954, fast zwei Jahre nach Hatice geboren. Sie war genau das Gegenteil ihrer älteren Schwester. Propper, rund und rosig und immer still, wenn sie nur satt war.
Kinder zur Welt bringen ist Frauensache, sie beim Standesamt anzumelden, erledigen die stolzen Väter.
»Du musst endlich die Mädchen beim Standesamt anmelden«, ermahnte Lütfiye Ismail. Weder Hatice noch Nurhayat waren von Ismail in Sinop ins Geburtenregister eingetragen worden.
»Wenn du das nicht bald erledigst, bekommen wir deswegen eines Tages großen Ärger mit dem Amt.«
So machte sich Ismail Yildirim auf den Weg zum Standesamt, um die Geburten seiner beiden Töchter anzumelden.
Ob er es tat, um nicht zwei Formulare vom Beamten ausfüllen zu lassen oder weil der Standesbeamte so finster geschaut hatte, weil er so spät die Geburten anzeigte? Wir werden es wohl nie erfahren. Ismail verriet es niemandem. Zum Geburtenregister zeigte er an, dass Hatice und Nurhayat Zwillinge wären.
Bis zum heutigen Tag steht in den Pässen der beiden Schwestern das gleiche Geburtsdatum. Achter Februar 1952.
An welchem Tag Hatice wirklich geboren wurde, daran konnte sich niemand mehr erinnern.

KAPITEL 3

Nach der Geburt der zweiten Tochter blieb für Lütfiye keine Zeit, um auf fremden Feldern oder irgendwo anders Geld zu verdienen. Aber sie zeigte großes Talent bei der Geburtshilfe und wurde nach dem Tod der alten Hebamme selbst Geburtshelferin im Dorf. Obwohl sie für den Beruf nie eine Schule besucht hatte und weder schreiben noch lesen konnte, besaß sie ein natürliches Talent dafür. Alle kamen sie zu ihr, sowohl schwangere Frauen aus der näheren Umgebung als auch weiter entfernten Dörfern. Sie machte die Vorsorge, war bei den Geburten dabei und half den jungen Müttern, ihre Babys an die Brust zu legen. Sie wusste, was zu tun war, wenn die Kleinen nicht trinken wollten, und konnte bei Brustentzündungen oder anderen Folgen einer Niederkunft helfen. Die abschließende Versorgung von Mutter und Kind machten die Wöchnerinnen lieber bei ihr als bei den Frauen aus den eigenen Familien.
Sogar als einmal ein Kind mit den Füßen voran zur Welt kam, bewältigte sie ohne ärztliche Hilfe die schwierige Geburt, denn die jungen Eltern konnten keinen Arzt holen. Wie die meisten waren sie nicht in der Lage, diesen zu bezahlen. Niemand in der Gegend besaß viel Geld. Ihre Währung bestand aus Naturalien. Hier ein paar Eier, dort etwas Holz, da eine Hilfeleistung am Haus oder Garten. Auch Lütfiye wurde für ihre Arbeit mit Naturalien bezahlt.
Nun, das Kind kam nicht nur mit den Füßen zuerst, sondern auch mit sehr krummen Beinen zur Welt, was keinesfalls an der schweren Geburt gelegen hatte. Es war im Mutterleib so gewachsen.
Ein paar Jahre später errichteten die Amerikaner auf dem Hügel hinter Sinop eine Militärstation mit großen Radaranlagen. Von dort aus über das Schwarze Meer immer in Richtung Norden lag Russland. Die dort stationierten Soldaten hatten selbstverständlich einen eigenen Arzt. Dieser Doktor kam eines Tages nach Osmaniye und

sah das Kind. Der Mann hatte ein großes Herz und sorgte dafür, dass es in den USA operiert werden konnte, um die Verwachsungen an den Beinen zu beheben. Als er hörte, dass es mit den Füßen voran zur Welt gekommen war, war er voll des Lobes für die Hebamme. Er bezeichnete es als Wunder, dass Mutter und Kind unbeschadet die Geburt überlebt hatten.

Das Mädchen kam nach zwei Jahren, nachdem die Behinderung behoben worden war, aus den USA nach Hause zurück. Jemand schickte nach Lütfiye, um sie zu holen und ihr zu zeigen: »Schau, unser Mädchen kann endlich richtig laufen.«

Das war der Zeitpunkt, an dem die kleine Hatice zum ersten Mal davon erfuhr, dass es auf der Welt auch andere Gegenden gab, in denen weniger Armut herrschte als in ihrem Dorf.

Hatice war in all den Jahren ein kränkelndes und zartes Kind geblieben. Sie war viel zu klein und sehr anfällig. Aber Lütfiye Yildirim wusste sich auch ohne Arzt zu helfen. Von einer Nachbarin hörte sie, wie man Fieber bekämpfte, von einer Bekannten, wie man Krämpfe behob und wieder von jemand anderem, wie man diese oder jene Krankheit behandelte. Lütfiye merkte sich alles. Aufschreiben war aus zwei Gründen kaum möglich. Zum einem hatte sie das bisschen Lesen und Schreiben, das sie in der Dorfschule gelernt hatte, bereits wieder verlernt. Zum anderen gab es weder Papier noch Stifte.

Sie lernte, welche Kräuter für oder gegen etwas halfen. Sie wusste, wie man Wunden versorgte, Verbrennungen heilte und Magenverstimmungen oder Durchfall kurierte. Mit den Jahren entwickelte sie sich zu einer Heilerin. Vieles brachte sie sich selber bei, wenn sie mit den Händen über die Körper der Kranken fuhr. Sie spürte, wo der Schmerz, die Verkrampfung oder die Ursache einer Krankheit lagen.

Zu ihr kamen sogar die Menschen, wenn sie sich etwas verrenkt oder gebrochen hatten. Sie »besprach« Ausschläge und die Pickel verschwanden.

Sie hatte neben Haushalt, Kinder, Vieh und Garten viel zu tun und immer noch gab es selten jemanden im Dorf, der Geld besaß, um ihre Dienste bar bezahlen zu können. So entlohnte man sie weiterhin mit Naturalien. Und viele blieben ihr einen Gefallen schuldig, den sie eines Tages einfordern.

Die Zeit verging. Im Jahr 1956 kam die kleine Habibe zur Welt und im Jahr 1958 erblickte Hatices erster Bruder Murat das Licht der Welt. Nach jeder Niederkunft erzählten sie sich in der Familie, wie es war, als Hatice geboren wurde, denn all ihre Geschwister waren rosig und proper, als sie zur Welt kamen.
Und noch eines wiederholte sich. Erst als sein Sohn geboren wurde, machte Ismail sich mit dem Bus auf den Weg zum Standesamt in Sinop und meldete erneut die Geburt von Zwillingen an.
So steht bis heute in Habibes und Murats Personalausweis das Geburtsdatum von Murat.

KAPITEL 4

Es war Sommer, mitten in der Nacht und ganz besonders heiß. Sie konnte nicht schlafen. In den anderen Betten wälzten sich ihre Geschwister und die Eltern unruhig in der Schwüle. Schweiß stand allen auf der Stirn. Vor Durst klebte Hatice die Zunge am Gaumen. Durchs Fenster drang das Gemurmel von Stimmen und vereinzeltes Männerlachen herein. Hatice schwang die Beine aus dem Bett und tappte im wenigen Licht, das vom Haus gegenüber hereinleuchtete, in die Küche, um ein Glas Wasser zu trinken. Schlaftrunken ging sie in ihr Bett zurück, um etwas später, etwa gegen ein Uhr, erneut geweckt zu werden. Diesmal waren es die Stimmen der Eltern, die sie aus dem Schlaf gerissen hatten. Vater versuchte Mutter aus dem Bett zu scheuchen, um in das Haus auf der gegenüberliegenden Straßenseite zu gehen, soweit hatte Hatice es verstanden. Nur wusste sie nicht, warum. »Geh rüber und hole Petroleum!«, drang seine Stimme durchs Haus.

Drüben befand sich ein Geschäft, in dem es alles zu kaufen gab, was in einem Dorf benötigt wurde. Vom Besen über Brot, Feuerholz, Seifenpulver bis hin zu Haushaltswaren, gab es dort fast alles.

Der Laden hatte zur nachtschlafenden Zeit noch geöffnet, das konnte Hatice am Gemurmel männlicher Stimmen genau hören. Die dörfliche Bierkneipe gehörte zum Einkaufsladen. Wie in jeder heißen Sommernacht standen Tische und Stühle auf der Straße. Dort saßen die Männer und tranken Bier. Heute Nacht wollte wohl keiner nach Hause gehen, weswegen sie viel getrunken hatten und der Geräuschpegel entsprechend anschwoll.

»Wenn Papa jetzt Geld hätte«, dachte Hatice, »würde er zwischen den Männern sitzen.« Doch Papa hatte keine einzige Lira und der Wirt ließ ihn schon lange nicht mehr anschreiben. Ismail wusste sich eine Zeitlang zu helfen, indem er eines seiner Kinder herüberschickte, um

auf Pump Bier zu besorgen, bis der Wirt auch ihnen kein Bier mehr gab. Hatice fand das sehr beschämend für Vater, dem das aber nichts auszumachen schien. Nur Lütfiye war beim Wirt und Ladenbesitzer kreditwürdig. Sie arrangierten sich in Form von bereits erworbenen oder in Zukunft abzuleistenden medizinischen Hilfeleistungen.
»Geh doch selber«, hörte Hatice ihre Mutter sagen.
Die Worte ihres Vaters verstand sie nicht, konnte dem Klang jedoch anhören, wie wütend er war.
»Du willst mich mitten in der Nacht wegen Petroleum dahin schicken?«, rief Lütfiye.
»Ja. Los ab mit dir!«
»Nein, schlaf endlich, dann brauchst du auch kein Licht.«
»Du gehst da jetzt rüber!«
»Aber das kann ich auch morgen tun.«
»Ich will aber jetzt Petroleum haben.« Hatice kannte diesen Tonfall. Er wurde immer zorniger.
»Wenn ich da jetzt herübergehe, ist unser guter Ruf endgültig dahin.« Wie Hatice wusste auch ihre Mutter, was Ismail wirklich wollte. Sobald sie angezogen war, würde er ihr auftragen, wenn sie schon mal drüben war, auch gleich Bier mitzubringen.
An der Stimme erkannte Hatice, dass Mutters Entscheidung unumstößlich war.
Wenn ihm nur nicht die Hand wieder ausrutschte, dachte Hatice. Das wollte sie auf keinen Fall hören. Trotz der Hitze zog sie die Decke über den Kopf und hörte unter dem dünnen Stoff dennoch, wie Haut auf Haut klatschte.
Doch ihre Mutter gab nicht nach. Hatice lag noch lange wach, erst als sie Vaters tiefes und lautes Schnarchen hörte, konnte sie selbst Schlaf finden.

KAPITEL 5

Wie überall in Europa wurden in der Mitte der 1950er-Jahre auch in der Türkei die Kinder im Alter von etwa sechs Jahren eingeschult. Die allgemeine Schulpflicht betrug in Hatices Jugend allerdings nur fünf Jahre. Nur die Familien, die Geld hatten, konnten ihre Sprösslinge später auf eine weiterführende Schule in die nächste größere Stadt, in diesem Fall nach Sinop, schicken.

Alle anderen verließen im Alter von elf Jahren die Schule, um zu arbeiten.

Durch das Missverständnis beim Standesamt wurde Hatice erst mit sieben eingeschult. Das fiel Fremden kaum auf, denn ihre zwei Jahre jüngeren Mitschüler waren teilweise sogar größer als sie. Hatice ging gerne zum Unterricht.

In den Schulferien, die zumeist in die Erntezeiten fielen, musste sie bereits im Alter von sieben Jahren auf den Sonnenblumenfeldern mithelfen, damit die Familie etwas mehr Geld zum Leben hatte.

Sie ging morgens um halb acht los und kam abends um halb acht zurück. Die Kinder jäteten Unkraut im Sonnenblumen- und Reisfeld und wenn der Mais hoch genug stand, halfen sie bei der Kolbenernte. In den Sonnenblumenfeldern trug Hatice in der Zeit, in der die Blüten voller Samen hingen, einen Korb auf dem Rücken. Mit einer Hand wurde der Blütenkopf angefasst, mit der anderen der Kopf abgeschnitten und über die Schulter in den Korb geworfen. Sie war klein, langte oft gar nicht an den Blütenkopf heran. Und immer noch war sie zu zart und schwächlich für ihr Alter, nur halb so groß wie die Körbe, die sie auf dem Rücken trug. Am Abend tat ihr alles weh. Mutter massierte ihr mit Sonnenblumenöl den Rücken, damit die Muskelschmerzen erträglicher wurden und behandelte Hatices aufgerissene und geschundene Hände. Vater strich alles Geld ein, das sie verdiente. Erwachsene bekamen für einen Tag Feldarbeit umgerechnet etwa zwei Mark. Kinder die Hälfte oder auch weniger. Schon damals hörte sie andere Frauen darüber reden, dass es in Deutschland viel einfacher sei, Geld zu verdienen. Gelegentlich zog ein Flugzeug über ihre Köpfe hinweg und sie dachte oft: »Irgendwann sitze ich da drin und fliege nach Deutschland.« Es kam vor, dass sie das laut sagte, dann lachten die Frauen über sie.

Doch zurück zum ersten Schuljahr. In Hatices Klasse saßen achtzehn Kinder. Zehn Mädchen und acht Jungen. Die Familie Yildirim wohnte etwa eineinhalb Kilometer von der Schule entfernt. Weil Hatice immer noch körperlich ein schwaches Kind war, trug ihre Mutter sie große Teile der Strecke auf dem Rücken hin und holte sie auch wieder ab.
Hatice war so klein, so zart und zerbrechlich, dass Lütfiye immer Angst hatte, dass ihr in der Schule etwas passieren konnte. Deshalb wollte sie wenigstens dafür sorgen, dass Hatice auf dem Hin- und Rückweg nichts zustieß. Ihr Halbbruder Erdovan hatte wie ihr Vater wenig Verständnis für diese Fürsorge.
Es war an einem sonnigen Tag, als Lütfiye zu ihrer Tochter sagte, heute wäre es an der Zeit, alleine zur Schule und wieder zurückzugehen. Das war der Tag, an dem bei Lütfiye schon kurz nach Mitternacht die Wehen eingesetzt hatten und Hatices zweites Geschwister zur Welt kommen sollte.
»Du gehst heute alleine. Eigentlich soll Erdovan dich hinbringen, aber dein Bruder ist wieder mal verschwunden.« Das tat er gerne, wenn Arbeit in Sicht war.
»Bestimmt hilft er Vater auf dem Feld«, sagte Hatice. Mutter und Tochter wussten beide, dass er sich sicherlich irgendwo mit seinen Freunden herumtrieb. »Du gehst heute alleine«, wiederholte Lütfiye.
»Keine Angst, Mama, ich kann das. Mach dir keine Sorgen.«
»Das tue ich aber. Und hüpf mir nicht herum. Beim letzten Mal bist du hingefallen und hast dir das Knie aufgeschlagen.«
»Ja, Mama.«
»Und komm nach der Schule sofort nach Hause.« Sie verzog das

Gesicht und ließ die Wehe über sich ergehen. »Ich kann hier deine Hilfe gut gebrauchen.«

Im Unterricht war keine Konzentration möglich. Hatice konnte nur denken, dass sie eine weitere Schwester oder einen Bruder haben würde, und daran, dass ihre Mutter in Zukunft viel Zeit mit dem Baby verbringen musste. Hatice hoffte, dass sie dann endlich immer alleine zur Schule gehen durfte, schließlich war sie alt genug.

Mit dem Gedanken, dass sie sich gerade heute beeilen sollte, um Mama und im Haushalt zu helfen, fühlte sie sich erwachsen genug, um nach der Schule einen kürzeren Weg nehmen zu können. Den Straßenverlauf, den sie immer gingen, kannte sie in und auswendig. Sie hatte sich oft gefragt, warum sie niemals einen Pfad nahmen, der wohl über einen Hügel und durch ein Wäldchen führte, aber offensichtlich eine Abkürzung war. Heute wollte sie herausfinden, ob ihr Orientierungssinn der richtige war und dieser Weg ein schneller sein würde.

Es hatte Tage vorher viel und lange geregnet, die Erde war aufgeweicht. Sie umrundete einige Pfützen und bereute bereits, hier entlang gegangen zu sein. Doch sie hatte gut ein Drittel der Strecke zurückgelegt und war zu einer Umkehr nicht bereit. Da trat sie mit dem rechten Fuß in ein Schlammloch. Ehe sie es bemerkte, stand sie auch schon mit dem linken drin. Hatice blieb erschrocken stehen. Die Schuhe sogen sich voll mit kaltem Wasser. Mutter wird schimpfen, wenn sie die ruinierte und noch mehr wird sie sich sorgen, wenn sie ahnte, wie kalt es Hatice innerhalb weniger Minuten geworden war.

Hatice sank tiefer in den Schlamm ein und steckte fest. Im Unterricht hatten sie einmal durchgenommen, was man tun musste, wenn man in ein Eisloch geriet. »Versuchen an den Rand zu kommen und sich wenn möglich mit den Unterarmen auf dem Eisrand abstützen, um sich dann hochzuziehen.«

Wenn sie sich flach auf den Bauch legte, könnte sie vielleicht die Büsche da vorne erreichen und sich dann aus dem Schlamm herausziehen. Sie schaute auf ihre Füße, sie waren bis oberhalb der Knöchel eingesunken. Schmutzige Socken und Schuhe waren

eine Sache, aber die ganze Kleidung mit Schlamm zu verschmieren, brachte Ärger. Hatice lauschte, ob in der Nähe Stimmen zu hören waren.
»Hilfe!«, rief sie und versuchte erneut, die Füße aus dem Schlamm zu ziehen. Doch so sehr sie sich auch anstrengte, sie klebten im Modder fest. Sie nahm ihre Schultasche vom Rücken und warf sie ins Gebüsch, wo sie sicher landete. Gut so, da konnte der Tasche und dem Inhalt nichts passieren.
Sie zog und zerrte und befreite endlich einen Fuß, dabei verlor sie das Gleichgewicht und plumpste auf den Po. Tränen traten ihr kurz in die Augen. Nun war das eingetreten, was sie verhindern wollte. Schuhe, Rock und Hände komplett mit Dreck verschmiert. Wenn Mama sie so sah, wäre sie ganz traurig und von Vater bekäme sie Schelte und vermutlich eine Ohrfeige.
Mit dem Handrücken rieb sie sich die Augen. Sie würde auf keinen Fall weinen.
Hatice rappelte sich hoch und rief weiter um Hilfe. Das hörte ein Mann. Sie kannte ihn vom Sehen, er wohnte am anderen Ende des Dorfes. Er griff ihr unter die Arme, hob sie hoch und stellte sie auf trockenem Boden wieder ab. Dabei verlor sie einen Schuh.
»Mein Schuh«, rief Hatice. Eine Träne lief über ihre Wange. »Er steckt noch im Loch.«
»Kein Grund zum Weinen.« Mit der Hand wühlte er im Schlamm und zog ihn heraus. Er hatte keine Scheu, sich selbst schmutzig zu machen. »Einfach unter Wasser abspülen, dann ist er wieder wie neu«, versicherte er. »Wo ist deine Schultasche?«
»Da.«
»Du bist doch die Tochter von Ismail und Lütfiye Yildirim. Komm, ich bringe dich nach Hause.« Er schulterte Hatices Schultasche und ging voraus.

Mit Matsch bedeckt und hängendem Kopf stand Hatice wenig später vor ihrem Elternhaus.
»Warum bist du nicht die Strecke gelaufen, die wir immer gehen?«

Mutters Stimme klang eher besorgt, als wütend.
»Ich wollte ganz schnell zu Hause sein.«
»Oh, Kind, jetzt wirst du sicher wieder krank. Los, alles ausziehen und ab mit dir in den Zuber.« Hatices Schuh hielt sie unter die Pumpe am Brunnen und wusch den Schlamm ab.
»Und das neue Baby?«
»Falscher Alarm. Es wird wohl noch ein bisschen dauern. Jetzt beeile dich und zieh dich aus.«
Mutter hatte inzwischen im Küchenherd Feuerholz nachgelegt und einen Kessel sowie einen großen Topf mit Wasser aufgesetzt. Dann legte sie noch einen Ziegelstein auf die Herdplatte. Mühsam bückte sie sich nach einem Eimer, ging hinaus zur Pumpe, um ihn zu füllen. Zwei weitere Eimer Wasser schüttete sie in den Zuber, den Erdovan widerwillig aus dem Stall herübergebracht hatte. Das kochende Wasser aus dem Topf machte das Badewasser so warm, dass Hatice sich bei lauwarmen Temperaturen waschen konnte. Anschließend weichte ihre Mutter die verdreckte Kleidung im Badewasser ein.
Danach gab es einen Tee, und obwohl es mitten am Tag war, schickte sie Hatice ins Bett. Zum Einheizen wickelte sie den heißen Stein in ein Handtuch und schob ihn unter Hatices Bettdecke.
»Wieder dreht sich alles nur um Hatice«, meuterte Erdovan und die kleine Nurhayat nickte zustimmend. Obwohl sie zwei Jahre jünger ist, war sie dennoch zwei Finger breit größer als Hatice. Sie war oft eifersüchtig, und das zu Recht. Die Geschwister wussten, dass Hatice von der Mutter bevorzugt wurde.
»Ihr beide habt eine gute Gesundheit. Seid froh darüber«, sagte Lütfiye streng. »Hatice dagegen wird immer gleich krank. Und ihr wisst, dass wir uns einen Arztbesuch nicht leisten können.«
»Als ob wir den brauchten«, murrte Erdogan und verließ das Haus.
Hatice erinnerte sich, einmal in der großen Stadt in Sinop beim Arzt gewesen zu sein. Sein Wartezimmer war voll besetzt. Am Eingangsbereich stand ein Tisch, hinter dem eine Frau saß, die eine dicke Brille trug und streng darüber hinweg die Kinder anschaute. Von ihr musste man sich eine Nummer geben lassen und so lange

warten, bis die Zahl aufgerufen wurde. So einen Beruf wollte Hatice später auch mal ausüben.
Sie warteten stundenlang auf einer unbequemen Holzbank, bis sie endlich an der Reihe waren. »Rausgeschmissenes Geld«, hatte Mutter auf der Heimreise im Bus geschimpft. Mehr als sie selbst bereits wusste, konnte der Doktor ihr auch nicht über Hatices Empfindlichkeiten und Erkrankungen sowie deren Behandlung oder vorbeugende Maßnahmen erzählen.
»Dafür bekommt er so viel Geld«, schimpfte sie auf dem gesamten Weg nach Hause. Und eines nahm sie ihm und seinesgleichen ganz besonders übel. Ein Arzt aus der Stadt ließ sich niemals mit Naturalien bezahlen.
Als Ismail Yildirim an diesem Abend heimkam, war von Hatices Schlammabenteuer nichts mehr zu sehen und weder Lütfiye, Erdovan noch Nurhayat würden ihm davon erzählen. Er konnte sehr böse werden.
»Dann geht sie ab sofort alleine zur Schule«, befahl er.
Die kalten Füße hatten Hatices Gesundheit nicht geschadet.

Habibe wurde geboren und Ismail war anzusehen, dass er sich über einen Sohn sehr gefreut hätte.
»Wieder eine Tochter«, knurrte er und ertränkte seinen Kummer im Bier.
Der Tag seiner Frau war von morgens bis abends mit Arbeit gefüllt. Die Kinder halfen so gut sie konnten und im Haus wurde es immer enger. Jetzt lebten vier Kinder und zwei Erwachsenen in zwei Zimmern. Lütfiye kümmerte sich um alle und behandelte nebenbei ihre Patienten.
Sie blieb die offizielle Hebamme im Dorf und der Umgebung und weil es ihr oft unmöglich war, ihre Kundschaft aufzusuchen, kamen diese zu ihr. Bargeld kam selten ins Haus und mit dem, was Ismail auf den Feldern anbaute, kam Familie Yildirim, was Lebensmittel betraf, einigermaßen über die Runden. Alles andere fehlte. So war es kein Wunder, dass sie gelegentlich in eine finanzielle Notlage gerieten

Bei der Bank gab es keinen Kredit, ja sie besaßen nicht einmal ein Konto. Aber ab und an benötigten sie einfach etwas mehr Geld, als durch den Verkauf von Lebensmitteln oder den seltenen Bargeldentlohnungen zusammengespart werden konnte.
Für Betten zum Beispiel oder eine Pumpe, um das Grundwasser im Haus installieren zu können. Das wäre vor allem im Winter recht angenehm.
Gelegentlich kam es vor, dass die Dorfbewohner für Lütfiye zusammenlegten. Nur für sie. Das Geld ging direkt in ihre Hand, damit Ismail es nicht für sich ausgab. Wenn er den Nachbarn und Freunden gegenüber einen Geldwunsch äußerte, lieh ihm niemand etwas. Jeder wusste, er gab es in Sinop für ein neues Jackett, für fremde Frauen oder Bier aus. Der Tabak, den Ismail anbaute und deren Blätter er fermentierte, wäre beim Verkauf in Sinop ein schöner Verdienst gewesen, doch das meiste davon rauchte er selbst.
Als sich ein wohlhabender Bauer bei der Feldarbeit beinahe einen Fuß abtrennte und von Lütfiye in monatelanger Fürsorge gesund gepflegt wurde, ließ der auf seine Kosten einen zusätzlichen Raum am Haus der Yildirims anbauen.

KAPITEL 6

Bevor Hatice eingeschult wurde, las sie bereits ein bisschen. Ismail und Lütfiye konnten weder lesen noch schreiben und haben es ihr Leben lang nicht mehr gelernt.

Hatice sammelte alles, auf dem Buchstaben zu finden waren, und ließ sie sich von Leuten aus dem Dorf erklären.

Erst einmal in der Schule, lernte sie schnell flüssig zu lesen und bald las sie alles, was ihr unterkam. Aufschriften auf Autos, Reklametafeln, wenn sie mal nach Sinop kamen, Zeitungsüberschriften – jedes geschriebene Wort, das sie in die Finger bekam. Auch konnte sie schon vor der Einschulung ein wenig rechnen. Dazu benutzte sie gerne die Finger und gestikulierte herum.

»Da, schau dir das an«, sagte Ismail oft, es klang wie ein Vorwurf. »Was macht sie da nur?«

»Sie zählt«, erklärte Lütfiye ihrem Mann zum wiederholten Male, immer mit einem Gesichtsausdruck, der sowohl Angst vor ihm wie auch Stolz auf die älteste Tochter ausdrückte. »Sie rechnet zusammen und zieht ab.«

»Aber was?«

»Keine Ahnung. Autos, die vorbeifahren. Eier, die unsere Hühner legen oder sie zählt die Äpfel, die am Baum hängen und wie lange sie reichen, wenn jeder von uns einen davon täglich isst.«

Und immer wenn Hatice irgendetwas Schriftliches in die Finger bekam, las sie. Im Hause Yildirim gab es keine Bücher, eine Tageszeitung hatte das Dorf Osmaniye nicht, dafür war es zu klein und die überregionale aus Sinop konnten sich nur die wenigsten im Ort leisten. Dennoch bekam Hatice hier und da eine zugesteckt, oder ihre Mutter brachte Zeitschriften von einem der Patienten mit.

Lesen und Schreiben war auch später eines der Zündstoffe zwischen Hatice und ihrer Schwester. Nurhayat wollte überhaupt nichts lernen

und ging drei Jahre lang in die zweite Klasse, weil sie keine Lust dazu hatte.
»Ich begreife es einfach nicht«, schrie sie Hatice an, wenn diese ihr helfen wollte.
»Ich zeige es dir.«
»Lass das! Papa sagt, eine Frau muss weder lesen noch schreiben lernen.«
Dabei sollte es für Nurhayat auch bleiben. Sie hatte es niemals richtig gelernt und ging nach fünf Jahren Unterricht, für sie also der Wissensstand der dritten Klasse, von der Schule ab.
Auch für Hatice war nach fünf Jahren Schluss mit Lernen. Wie für fast alle Kinder aus dem Dorf.
Gerne wäre sie auf eine weiterführende Schule gegangen, doch niemand aus der Familie konnte das bezahlen. Besonders zum Ende des Winters war ja nicht einmal genügend Geld für Essen da.
Sobald es kalt wurde, mussten die Schulkinder jeden Tag ein wenigstens eine Elle langes Stück Brennholz mitbringen, sonst würden sie in einer kalten Klasse sitzen müssen.
Stühle gab es in der Schule keine, nur ein paar kniehohe Tische. Die Kinder saßen auf dem Fußboden, um an den niedrigen Tischen schreiben zu können. Für die meisten kein Problem, sie kannten es von zu Hause so. Auch im Haushalt der Yildirims gab es keine Stühle.
Nachdem Hatice den Weg zur Schule zum ersten Mal mehr oder weniger gut hinter sich gebracht hatte, ging sie alleine hin. Das war gut so, denn schon bald besuchte auch ihre jüngere Schwester die Schule. Sie hätte garantiert den ganzen Weg gejammert, weil sie auch getragen werden wollte.
Die Kinder trugen eine Schuluniform. Sie war schwarz. Die Kleider reichten bis zum Knie, oben am Hals saß ein weißer Kragen, der gestärkt und gebügelt sein musste. Hatice kümmerte sich selbst darum, weil ihre Mutter keine Zeit dafür hatte.
Dazu nahm Hatice das Bügeleisen und füllte mit einer Zange Kohle aus dem Küchenherd hinein. Eine verzwickte Angelegenheit, wenn man sich nicht verbrennen oder den weißen Kragenstoff verschmieren

wollte. Wenn die glühende Kohle den Boden des Plätteisens durchgeglüht hatte, legte sie ein Tuch über den Kragen und bügelte ihn glatt. Gelegentlich kam es vor, dass sie vergaß, das schützende Tuch aufzulegen. Dann verschmierte der weiße Kragen mit Ruß und musste abgenommen und mit der Hand im Waschbecken gewaschen werden. Für einen rußverschmierten Kragen gab es Schelte von dem Lehrer.

»Wie machst du das? Dein Kleid ist immer so schön glatt?«, fragte ihre Mitschülerin und Freundin Meiha. »Man kann es ja nicht jeden Tag neu bügeln.«

»Manchmal lege ich es über Nacht unter die Matratze.«

Fingernägel kontrollierten die Lehrer ebenfalls. Die Grundschulkinder in Osmaniye mussten adrett aussehen.

Hatice kam im Unterricht gut mit. Sie war Klassenbeste vom ersten bis zum letzten Schultag.

»Wenn du Geld hast«, sagte ihr Lehrer, »kannst du ab der fünften Klasse weitergehen. Du bist gut. Dir stehen alle Berufe offen. Vielleicht wirst du ja mal eine richtige Ärztin. Sicher hast du die Anlagen von deiner Mutter geerbt.«

Eine schöne Vorstellung, doch es wurde nichts daraus. Kein Geld. Es gab oft nicht einmal genügend Lira für Brot, das sehr teuer geworden war.

Deswegen begann Hatices Mutter mit dem Backen. Oft war es Maisbrot, denn Maisfelder gab es in der Umgebung genug. Maismehl war recht preiswert zu kaufen, meistens jedoch kam es als Naturalbezahlung ins Haus.

Vor den Lehrern der Grundschule hatten alle Kinder Respekt. Eines Tages hatte Hatice sich daheim bei den Hausaufgaben wieder einmal die Haare verbrannt. Das ging immer ganz schnell. Sie hockte auf dem Fußboden. Vor sich der niedrige Tisch, auf dessen Mitte eine brennende Kerze. Vor Hatice lag das Schreibheft. Um bei dem funzeligen Licht besser sehen zu können, beugte sie sich vor. Zu weit. Die Haare gerieten in die Flamme. Dieses Mal war es besonders

heftig, es war mehr als nur eine Haarsträhne versenkt. Hatice sah fürchterlich aus.
»So gehe ich nicht in die Schule«, jammerte Hatice.
»Dann setzt du eben ein Kopftuch auf.«
»Das ist im Unterricht verboten.«
»Ich weiß. Aber wenigstens auf dem Weg dahin kannst du ja eines tragen.«
Sie ließ es auch im Unterricht auf.
»Hatice, nimm das Kopftuch ab«, forderte der Lehrer. Doch sie weigerte sich.
»Was ist? Hast du Läuse?«
»Iiih«, schrien einige Mädchen in der Klasse, obwohl Kinder mit den Quälgeistern auf dem Kopf bei weitem keine Seltenheit waren.
»Ich sehe fürchterlich aus. Meine Haare sind verbrannt«, gestand Hatice und musste erklären, wie es dazu gekommen war.
»Wir«, prahlte auf dem Schulhof ein Mädchen mit hocherhobenem Kopf und schaute auf Hatice nieder, »haben elektrisches Licht. Aber ihr könnt euch so was ja nicht leisten.«
»Kein Wunder«, sagte Hatice, »wenn unsere Verwandten in Deutschland lebten und jeden Monat Geld schickten, hätten wir auch Strom.«
Doch den meisten in ihrer Klasse ging es wie Hatice. Nur sehr wenige hatten Verwandte, die im Ausland arbeiteten, um die Familien daheim zu unterstützen.
Über Hatices verkohlte Haare spotteten sie noch einige Tage, dann wandten sich die Kinder einen Jungen zu.
Er machte oft in die Hose. Es war Sommer und er stank entsetzlich, da wurde er nach Hause geschickt. Einmal als Zielscheibe für Spott bekannt, quälten ihn viele. Jedes Mal, wenn er etwas nicht konnte und Angst bekam, machte er sich in die Hose. Dafür erhielt er von seinen Eltern oft Schläge, was es kaum besser machte.
Hatice wurde noch nie geschlagen, was an ihrer zarten Statur liegen mochte. Ihr Halbbruder Erdovan bekam oft vom Vater eine gelangt, immer wenn er dabei erwischt wurde, wie er sich vor der Arbeit

drückte. Und auch Nurhayat erhielt gelegentlich einen kräftigeren Klaps, weil sie Hatice, sobald niemand hinschaute, kniff.
Schläge, ausgeteilt innerhalb der Familien, interessierte kaum jemanden. Zumindest redete keiner darüber und gehandelt wurde ganz selten.
Zum Lehrstoff der Grundschule gehörte auch das Kochen. Doch wie sollte dieses Fach unterrichtet werden, wenn in den Klassenzimmern nicht einmal Stühle und Bänke standen?
»Heute«, verkündete eine Lehrerin, »erzähle ich euch, wie man Milchsuppe zubereitet und wie Brot gebacken wird. Da wir hier auf unserem Ofen« -er war nur zum Heizen gedacht- »nur wenig Platz haben, kochen wir hier nur kleine Gerichte. Für größere Sachen gebe ich euch in den nächsten Wochen die Zutaten. Die kocht ihr dann zu Hause und bringt das fertige Gericht wieder mit. Und damit wir morgen nicht in Milchsuppe ertrinken und zu viel Brot haben, wechselt ihr euch ab. Hatice?«
»Ja?«
»Du kochst uns allen für morgen eine Milchsuppe und Meiha, du bist als Erste mit dem Brot dran.«
Meiha durfte Mehl mitnehmen, Hatice bekam nur das Rezept mit auf den Weg. »Ihr habt doch eine Kuh. Deren Milch kannst du verwenden.«
»Aber ...«, protestierte Hatice.
»Du hast recht.« Die Lehrerin schaute sich in der Klasse um. »Nicht jeder hat eine Kuh. Deswegen wirst du das hier mitnehmen.« Milchpulver.
Milchsuppe - wie grauselig. Die konnte Hatice noch nie ausstehen. Aber sie musste ja nur kochen, von Mitessen hatte die Lehrerin kein Wort gesagt.
Am kommenden Morgen stand Hatice eine Stunde früher auf, heizte schon mal den Herd an und kochte die Milchsuppe nach dem Schulrezept. Abschmecken kam für sie nicht infrage. Sie muss wohl zu viel Salz benutzt haben.
Die Lehrerin probierte zuerst. »Wie viel Salz hast du hineingetan?«

»Etwa eine Handvoll.«
»Das ist viel zu viel. Ein bisschen habe ich gesagt, so muss es auch in deinem Rezept stehen.«
Nun, ein bisschen war relativ.
Zur Strafe musste Hatice am nächsten Tag ein zusätzliches Stück Holz für den Klassenofen mitbringen.
Die Winter an der Schwarzmeerküste sind eisig, deswegen verbrachten die Kinder nach der Schule die Tage im Haus.
Als es endlich Frühjahr wurde, konnte sie wieder draußen spielen. Die Mädchen machten Hinke- und Hüftspiele, beschäftigten sich mit hübschen Steinen oder Muscheln, oder spielten Verstecken. Die Jungen kletterten in die Bäume. Zur Aussaat mussten sie die Eltern auf die Felder begleiten, um mitzuhelfen. Auch im Sommer ging es nach der Schule und dem Mittagessen in die Sonnenblumenfelder zum Unkrautjäten und im Herbst halfen sie bei der Ernte.
Hatices Kindheit ging nach der fünften Klasse zu Ende.

KAPITEL 7

Als Hatice laut Pass elf Jahre alt, in Wirklichkeit aber schon dreizehn war, arbeitete sie immer noch von morgens halb acht bis abends halb acht auf den Feldern. Unkraut jäten im Reisfeld und Kolbenernte im Maisfeld, Arbeiten auf den Tabakfeldern, sowie die Ernten der Sonnenblumenkerne.

Und wie all die Jahre zuvor taten dem Kind alle Knochen weh. Vater strich weiterhin das Geld ein. Er selbst hielt sich fern von den Knochenjobs. Und wie jedes Jahr hörte Hatice von den Leuten, dass es in Deutschland viel einfacher sei, Geld zu verdienen. Erneut änderten sich Hatices Zukunftsträume. Statt in Sinop zur Schule zu gehen, wofür die kein Geld hatten, was sich vermutlich in den kommenden Jahren auch nicht ändern würde, wollte sie nach Deutschland. Die Menschen erzählten sich die wundervollsten Dinge über dieses ferne Land. Sollte auch nur die Hälfte davon wahr sein, wäre es das Paradies. Seither schwor sie sich: »Irgendwann fliege ich nach Deutschland.«

»Wo willst du hin?« Alle lachten über sie. »Kinder nehmen die nicht und schon gar keine Mädchen. Sieh dich an, was willst du in so einem Land arbeiten?«

Aber etwas musste geschehen. Hatice lebte mit den Eltern, den beiden kleineren Brüdern Murat und Cetin und den zwei Schwestern Habibe und Nurhayat noch immer in den zwei Schlafzimmern und einer Küche. Und das in einem Haus, das noch nicht einmal ihnen gehörte. Ihr Stiefbruder Erdovan war mittlerweile ein junger Mann geworden und längst ausgezogen. Leider hatte er die Gene seines Vaters geerbt und fand wenig Gefallen an einer festen Arbeit, deswegen konnten sie von ihm keine Unterstützung erwarten.

Die Familie Yildirim blieb weiter arm. Zwei Erwachsene und fünf Kinder brauchten täglich einiges an Lebensmitteln. Es kam immer öfter vor, dass sie die Reste anderer essen mussten. Der Mann einer

Nachbarin arbeitete in der Großküche der amerikanischen Kaserne und brachte gelegentlich etwas für sie mit.
Wenn sie mal gar nichts mehr zu essen im Hause hatten, bestanden die Mahlzeiten aus einem bisschen warmen Wasser, darin aufgeweichtes trockenes Brot mit ein wenig Zucker darüber.
Es gab einige Familien im Dorf, die ein oder zwei Familienmitglieder nach Deutschland geschickt hatten, um dort zu arbeiten. Monat für Monat konnte man zusehen, wie es denen besser ging. Diese Menschen kamen Hatice unendlich reich vor. Einige Straßen weiter gab es eine Familie, die schon vor Jahren ausgewandert war und nur gelegentlich zurückkam, um die Eltern und Großeltern zu besuchen. Sie nannten bereits ein Auto ihr Eigentum und an dem alten klapprigen Haus ihrer Kindheit wurde angebaut und umgebaut und sogar der Grund und Boden ringsherum erworben. Ein Haus mit vielen Zimmern, was für ein Luxus.
Hatice träumte davon, eines Tages ein ähnliches für ihre Familie zu kaufen.
Im Dorf und der Umgebung änderten sich die Zeiten. Mittlerweile galt man als ein Niemand, wenn man wenig oder gar kein Geld und kein eigenes Haus hatte.
In der Schule hänselten und schikanierten die bessergestellten Kinder die anderen. Die Kluft zwischen Arm und Reich wurde immer größer.
Im Hause Yildirim wohnten und schliefen also sieben Personen in zwei Zimmern. Dabei blieb es unumgänglich, dass die Kinder die Intimitäten der Eltern mitbekamen. Ein Gewühl unter der Bettdecke, von dem Hatice damals nicht verstand, was da vor sich ging. Aufklärung gab es keine, weder im Elternhaus noch in der Schule. Doch davon später mehr.

KAPITEL 8

Eines Tages bekam ein Bewohner im Nachbardorf Besuch von der Verwandtschaft, die nach Deutschland ausgewandert war. Das Ortsgespräch in der ganzen Umgebung. So als wäre die Parole herumgegangen, ein Zirkus sei in der Gegend oder in einem Feld stände eine Kuh mit sechs Beinen. Jeder wollte die Verwandten, die in Deutschland lebten, sehen.
Weil diese Leute auch im erweiterten Sinn mit der Familie Ismails verwandt waren, besuchten sie Ismails Haus.
Wie überall üblich bestand auch bei den Yildirims die Pflicht, im Haus die Schuhe auszuziehen.
Der freudig erwartete Besuch kam. Zwei Erwachsene und zwei Kinder. Draußen vor der Tür streiften sie ihre Schuhe ab und ließen sie dort stehen. Dabei warf der Mann einen misstrauischen Blick auf Hatice. Seine dunklen buschigen Augenbrauen hatte er finstern zusammengezogen. Hatice konnte ihn auf Anhieb nicht leiden. Aber, oh man, was für schöne Schuhe die vier besaßen. Solche wunderbaren Stücke hatte Hatice noch nie in ihrem Leben gesehen.
Sie stand vor einer schweren Entscheidung. Sollte sie dem Besuch sofort ins Haus folgen, um zu hören, was gesprochen wurde, oder lieber die schönen Schuhe genauer ansehen?
Verstohlen sah sie sich nach allen Seiten um. Niemand war in der Nähe, alle bereits im Haus. Also nahm sie ein Paar nach dem anderen in die Hand, strich ein paarmal mit den Fingern darüber und probierte sie auch an. Die von den Erwachsenen waren ihr viel zu groß, sahen dennoch an Hatices Füßen fantastisch aus. Die Kinderschuhe passten und sie wagte ein paar Schritte darin. »Eines Tages«, gab sie sich selbst ein Versprechen, »werde ich auch solche besitzen. Der Tag wird kommen, an dem ich genug Geld verdiene, um weiter zur Schule zu gehen, zu studieren und einen guten Beruf zu erlernen. Und dann,

ja dann, kaufe ich mir so schöne Schuhe.«

Der Besuch blieb nur kurz, sodass Hatice wenig von dem mitbekam, was er über sich selbst und über Deutschland erzählte. Das taten die vier mit erhobenen Nasen und mit einer offensichtlichen Abscheu vor der Armut ihres Gastgebers. In ihrer Prahlerei schien es, als wollten Eltern und Kinder sich gegenseitig übertrumpfen mit dem, was sie alles besaßen.

So, dachte Hatice, werde ich niemals werden.

Als der Besuch kurz darauf das Haus der Yildirims verließ, folgte ihnen die ganze Familie ein Stück die Straße hinunter, einige Dorfbewohner schlossen sich an. Sie gingen dorthin, wo sie ihr Auto abgestellt hatten. Im Licht der Nachmittagssonne spiegelten sich die Sonnenstrahlen in dem auf Hochglanz polierten Auto, dass es Hatice in den Augen wehtat. Der Rest der Familie war hellauf begeistert, als wäre der Wagen ein verspätetes Geburtstagsgeschenk für alle.

Mit einer Handbewegung, als wolle er Gänse fortjagen und einen »Ksch - ksch«, scheuchte der stolze Eigentümer die Dorfbevölkerung vom Auto fort.

Im Gänsemarsch umrundeten alle das Auto zwei Mal, bevor jeder ausgiebig hineinschaute, die Hände zum Schutz gegen die Sonne vor die Augen legte und die Nase platt an die Fensterscheiben drückte.

»Ihr macht es ja ganz dreckig«, klagte der Autobesitzer, obwohl man ihm ansehen konnte, wie stolz er auf sich und sein Auto war.

So wie sich Hatice einen Professor auf einer Universität vorstellte, berichtete er den umstehenden Dörflern, was das Auto alles kann. Wie besonders der Lack ist, was für ein Vermögen der ganze Kram gekostet hat und dass in Deutschland jedermann so ein Teil fährt.

»Es hat ein Istanbuler Kennzeichen«, sagte er und drängte zwei Männer beiseite, die trotz Mahnung die Nasen an den Fensterscheiben plattdrückten, um hineinzusehen.

»Das gibt hässliche Fettflecke«, schimpfte er. »Wisch das weg! Nicht mit den schmutzigen Fingern, nehmt den Ärmel dazu!«

Dann endlich öffnete er alle Türen, damit sein Publikum besser das Innere anschauen konnte. Nachdem er ausgiebig das A und O der

Bewunderer genossen hatte, verfinsterte sich sein Gesichtsausdruck von Sekunde zu Sekunde mehr.
»Darf ich mich mal reinsetzten?«
»Lieber nicht, die Polster sind empfindlich.«
»Kann ich mal hinter das Steuerrad?«
»Das heißt Lenkrad, und nein, niemand darf hinein.«
Er winkte seiner Frau und den beiden Kindern, die abseits standen, und ebenfalls die Lobeshymnen genossen. Als hätten sie es geprobt oder schon öfter getan, eilten sie herbei. Jeder öffnete eine Wagentür und stieg blitzschnell ein. Die Autotüren wurden zugeschlagen, der Motor gestartet, einmal gehupt und dann verschwanden sie.
»Angeber«, sagte Hatice. Es kam von Herzen. Dafür fing sie sich Vaters bösen Blick ein, so als wäre es ihre Schuld, dass er keine Erlaubnis bekommen hatte, sich hinter das Lenkrad zu setzten.
Hatice war begeistert. Nicht vom Auto und noch weniger vom Besuch. Aber wenn in Deutschland solche Idioten so viel Geld verdienten, musste es das Paradies sein. Doch sie machte sich nichts vor. Nur die Hälfte von dem, was die vier so aufgeblasen erzählt hatten, mochte sie glauben. Dennoch schlief Hatice die kommenden Nächte schlecht, weil sie immer daran dachte, wie es wohl wäre, wenn ihr Vater nach Deutschland fährt und sie sich ein wenig mehr leisten könnten.

KAPITEL 9

Ihr Schuppen hing voll von Bändern mit Tabakpflanzen. Also hatte Ismail statt Geld zu bekommen, sich in Naturalien auszahlen lassen. Den Tabak zu verkaufen kam nicht infrage, er hätte sie dafür grün und blau geschlagen. Obwohl sie jede einzelne Lira für die Kinder gut hätte gebrauchen können. So würde Ismail in wenigen Wochen nach der Fermentation alles in Rauch aufgehen lassen, seine Lungen mit Tabakqualm aus selbstgedrehten Zigaretten füllen, seinen Husten mehren und das Haus mit dem Gestank von Zigarettenqualm verpesten.

»So kann es nicht weitergehen«, sagte Lütfiye zu Ismail
Yildirim, als Hatice laut Geburtsurkunde dreizehn Jahre alt war. »Wir brauchen mehr Platz.«
Die Wohnsituation war unerträglich. Aber wo sollten sie hin? Ein anderes Haus oder eine größere Wohnung zu mieten war im Jahr 1964 im Dorf und in der Gegend um Sinop herum unmöglich. Es gab sie einfach nicht.
So blieb der Familie nur eines übrig, sie musste endlich so viel Geld verdienen, um sich ein eigenes Haus zu bauen, oder das gemietete Haus vergrößern zu können. Doch was sollten sie arbeiten und vor allem wo? Die Provinz Sinop war arm. Jeder in der Region suchte Arbeit. Lütfiye machte sich keine Illusionen. Wenn es welche gab, bekam sie jeder andere, nur nicht ihr Ehemann.
»Eine Keksfabrik in Istanbul braucht dringend Fließbandarbeiterinnen«, erzählte ihr eine Nachbarin. »Es steht in der Zeitung, es ist eine Arbeit nur für Frauen.«
Also entschied die Familie, dass Lütfiye und Hatice gehen sollten.
»Ihr solltet auf keinen Fall einfach aufs Geratewohl dorthin fahren. Nachher steht ihr vor der Fabrik und sie brauchen niemanden

mehr«, riet die Ladenbesitzerin des Geschäftes gleich auf der gegenüberliegenden Straßenseite. Sie war die Einzige im Dorf, die ein Telefon besaß. »Soll ich für dich in der Keksfabrik anzurufen?«
»Sie suchen immer Arbeitskräfte«, sagte sie später, nachdem sie den Hörer aufgelegt hatte. »Ihr könnt also reisen. Wisst ihr denn, wo ihr beide wohnen werdet?«
Lütfiye schüttelte den Kopf. »Irgendetwas werden wir schon finden.«
»Ich habe Familie in Istanbul. Ihr könnt sicher bei einem von ihnen wohnen«, versprach die Nachbarin.
»Es wird sich über viele Monate hinziehen«, waren sich Hatices Eltern über die Zeit in Istanbul einig. Keiner konnte im Voraus sagen, wie lange es dauern würde, bis sie genügend Geld verdient hatten, um mit dem Bau eines Hauses beginnen zu können. Die Führung des Haushaltes zu organisieren, war für Lütfiye kein Problem. Sie hatte genug Freundinnen, Tanten und Cousinen in der Gegend. Hinzu kamen reichlich »Außenstände« bei Nachbarn, Bekannten und Verwandten, was die Bezahlung für ihre Arbeit als Hebamme und Heilerin betraf. Es gab also genügend helfende Hände, die kommen wollten, um den Haushalt, die Kinder und das Vieh zu versorgen.
Als alles geregelt war, sogar ein Zimmer in Istanbul hatten sie fest, da kam das nächste Problem. Wie sollten sie am besten und am preisgünstigsten dorthin gelangen?
»Wir haben viel Gepäck, da wird die Busfahrt gleich vier Mal so teuer.«
Sinop ist die Hauptstadt der gleichnamigen türkischen Provinz. Ganz im Norden Anatoliens liegt die Stadt teilweise auf einer Halbinsel, die ins Schwarze Meer hineinragt. Sinop ist eine Hafenstadt. Da liegt es nahe, mit dem Schiff zu reisen, um nach Istanbul zu kommen.
Die Familie kratzte das Geld für die Fahrkarten zusammen. Einiges kam von den Patienten, die nach heftigem Drängen auf einmal doch einen Teil ihrer Außenstände in bar begleichen konnten oder schon mal im Voraus eine Anzahlung auf die kommende Behandlung leisteten.
So bestiegen Hatice und ihre Mutter schwer bepackt mit Matratzen,

Kopfkissen, Decken, Bettwäsche, einem winzigen Propankocher, zwei Tellern, Bechern und ein wenig Besteck das Schiff. Die Fahrt von Sinop nach Istanbul würde drei Tage dauern. Hatice war sehr aufgeregt, sie war noch nie weiter als bis in das zehn Kilometer entfernte Sinop gekommen.

Ihrer Mutter ging es genauso. Auch sie war niemals aus der nahen Umgebung herausgekommen.

Sie liehen sich einen Koffer und packten ihre wenigen Sachen. So ging die Reise mit dem Schiff westwärts, vorbei an Inceburun, vor dessen gefährlichen Klippen ein Leuchtturm die Schiffe warnt. Sie machten oft halt. In bald jedem kleinen Hafen, einige nur mit ganz wenigen Häusern in der näheren Umgebung, legten sie an. Andere Reisende wurden aufgenommen oder stiegen aus. In Türkeli, Abana, Inebolu, Amasra und Kefken, um nur einige Orte zu benennen. Vorbei an malerischen Felsenküsten, an deren steilen Hängen die Häuser klebten oder Stränden, die dreißig Jahre später mit kleinen Hotels bebaut werden würden. Doch zu Hatices Zeiten ahnte noch niemand etwas von Badestränden und vom Tourismus, der die gesamte Schwarzmeerküste erschließen würde. Heute gibt es dort wunderschöne Hafenanlagen, Restaurants und Freizeitmöglichkeiten für Segel- und Motorbootfreunde.

Hatice und ihre Mutter genossen einerseits die Reise, auf der sie unbequem mit mehreren Passagieren in einem Raum schliefen und sich selbst verpflegen mussten. Vieles an Essen und Trinken hatten sie dabei. Sie hätten auch an Bord oder in den Häfen etwas kaufen können, doch das wenige Geld, das sie bei sich hatten, wollten sie sparen. Wer konnte schon sagen, was sie in Istanbul erwartete.

Endlich erreichten sie Istanbul. Sie landeten im Ortsteil Cavlayan. Damals keine gute Gegend. Aber sie konnten es sich nicht aussuchen. Lütfiye und Hatice bewohnten einen kleinen Raum im Keller. Dort gab es Mäuse, zwei Stühle, einen Tisch und einen schäbigen Abort. Das war die ganze Einrichtung.

Den Kellerraum vermietete ihnen der Hausmeister des mehrstöckigen

Wohnhauses. Vermutlich wusste der Hauseigentümer nichts von seinem kleinen Nebenverdienst. Lütfiye und Hatice waren trotz der schäbigen Unterkunft einverstanden, hier zu bleiben, denn das Haus lag nur wenige Gehminuten von der Keksfabrik entfernt.
Schon bevor die alteingesessene Mannschaft eintraf, waren sie frühmorgens auf dem Firmengebäude. Im Kantinenraum aßen sie ihr mitgebrachtes Frühstück, danach ging es zur Arbeit. Es wurde nach Akkord bezahlt. Beide arbeiteten fleißig und machten viele Überstunden. Ihr Mittagessen nahmen sie in der Firmenkantine ein. Ihre einzige warme Mahlzeit am Tag. Den Propankocher im Kellerraum nutzten sie nur zum Teekochen und am freien Sonntag. Nach weiteren Arbeitsstunden aßen sie ihr Abendessen, ebenfalls selbst mitgebracht, wieder im Kantinenraum. Danach gingen sie zu Fuß zur Unterkunft zurück. Cavlayan war eine üble Gegend. Ihr Weg führte an mehreren zerfallenen Häusern und klapprigen Kneipen vorbei, in denen sich allerlei Gesindel aufhielt. Deswegen sahen sie zu, dass sie noch bei Tageslicht die Fabrik verließen. Sich an den Händen haltend, huschten sie an den Menschen vorbei, immer mit dem Gefühl im Nacken, gleich würde ihnen Übles geschehen.
Eines Abends kamen sie wie jeden Tag müde und erschöpft von der Keksfabrik zurück und der Kellerraum stand knöcheltief unter Wasser. Ihr Vermieter ließ sich nirgends blicken und sie verbrachten die Nacht sitzend auf einem Stuhl. Lütfiye weinte und Hatice wunderte sich, warum. Es war Sommer und sehr heiß. Die Matratzen und Decken würden ruckzuck wieder trocknen. Erst Tage später wusste sie, Lütfiyes Traurigkeit lag an den Hormonen. Sie war erneut schwanger.
»Wir müssen sofort nach Hause«, sagte sie. »Wenn wir noch einige Wochen länger bleiben, werden die Leute daheim wohlmöglich behaupten, mich hätte jemand in Istanbul geschwängert.«
Der Lohn wurde ihnen in bar ausgezahlt. Er reichte für die Rückreise und es blieb auch noch ein wenig übrig, doch lange nicht so viel, wie sie sich von der Arbeit in Istanbul versprochen hatten.
Im kommenden Jahr wurde Hatices jüngster Bruder Cetin geboren.

KAPITEL 10

Weitere Jahre vergingen und nichts änderte sich. Hatice wollte nur noch fort. Sie hatte sich heimlich ein wenig gespart und besuchte einen Nähkurs, der über einige Monate ging. Am Ende des Lehrganges trugen alle Mädchen schwarze Röcke und Westen, die sie sich selbst genäht hatten.
»Zum Abschluss unseres Kurses«, sagte die Leiterin, »habe ich eine Überraschung für euch. Denkt euch, wir werden fotografiert. Das Bild dürft ihr behalten. Nur ...«, sie hob den Zeigefinger, »ihr müsst unter der Weste eine weiße Bluse tragen.«
»Verflixt, wo bekomme ich eine Bluse her?«, klagte Hatice ihrer Mutter ihr Leid.
»Leih sie dir doch von deiner Cousine.«
Besagte Cousine, genaugenommen war sie eher eine Großcousine, gehörte zu den wohlhabenden Leuten im Ort.
»Ein Fleck daran«, mäkelte das Kusinchen und rümpfte die Nase, »und du bezahlst mir eine neue.« Gemein, denn man munkelte, ihre Eltern seien mittlerweile Millionäre, was aus heutiger Sicht vermutlich kaum stimmen konnte. Auf jeden Fall besaßen sie ein großes und neues Haus mit vielen Möbeln darin. Jeder hatte ein eigenes Bett, es gab für jeden einen Stuhl und sie hatten ein Auto. Sie trugen im Sommer andere Schuhe als im Winter und besaßen verschiedene Kleidung, sodass sie mehr als einen Kleiderschrank für fünf Personen brauchten. Und sie hatten jede Menge zu essen.

Alles verlief gut. Das schwarzweiße Foto hängte Hatice im Schlafzimmer an die Wand und mit der Bestätigung über die abgeschlossene Ausbildung zur Schneiderin ging sie zum Arbeitsamt.
»Ich möchte mich für eine Arbeit in Deutschland bewerben.«
Der Mann hinter dem Schalter betrachtete sie von oben bis unten,

schaute auf das Blatt Papier und lachte sie aus.
»Was bildest du dir ein? Es ist doch noch lange kein Beruf, wenn man einen achtmonatigen Nähkurs gemacht hat. So was brauchen die in Deutschland nicht. Und für so einen Schmachthaken wie dich haben die dort sowieso keine Arbeit.«
Drei Wochen später ging Hatice wieder zum Arbeitsamt, mit dem festen Vorsatz, sich nicht abspeisen zu lassen. Dieses Mal saß dort eine Frau. Sie war sehr freundlich und nahm ihren Antrag auf Arbeitssuche an. Es dauerte keine weiteren drei Wochen, bis Hatice die Nachricht bekam, dass man eine Arbeit für sie gefunden hatte.
Mama Lütfiye weinte zu der Zeit viel. Sie sorgte sich um ihre älteste Tochter, was das Gerede von Hatices Tanten noch schlimmer machte.
»Du kannst sie unmöglich gehen lassen. Hatice wird dort bleiben«, behaupteten sie. »Wenn sie erst einmal in Deutschland ist, wird sie uns vergessen.«
Auch Freunde und Bekannte bliesen in das gleiche Horn und Hatice musste mehrmals täglich ihrer Mutter versichern, dass es nicht so sein würde. Es half auch wenig zu versprechen, Briefe zu schicken, damit sie immer wussten, was sie tat und wie es ihr ging. Papa konnte weder lesen noch schreiben und Mama hatte es in den Jahren verlernt.
»Dann kann Nurhayat euch vorlesen.«
»Damit sie die gleichen Flausen in den Kopf bekommt?«
»Macht es mir doch nicht so schwer. Mein Entschluss steht fest. Schaut euch um, so kann es unmöglich weitergehen. Sieben Personen leben in zwei Zimmern und niemals haben wir Geld.«
»So, so. Der jungen Dame ist es nicht mehr fein genug«, brummte Ismail, doch man konnte ihm schon lange ansehen, dass ihm Hatices Entscheidung recht war. »Mach doch, was du willst.«
Doch bevor Hatice ins Ungewisse abreiste, musste sie eine Untersuchung über sich ergehen lassen. Sie benötigte für das Arbeitsamt eine Bestätigung, dass sie gesund war für die Arbeit in Deutschland.
»Wie soll ich nur ohne dich über die Runden kommen«, fragte Lütfiye. »Dein Verdienst fällt ja erst einmal weg.«

Hatice hatte auch daran gedacht. Unbemerkt vom Vater steckte sie ihr fünfzig Lira zu. Viel Geld.
»Wo hast du die denn her?«
»Von Nachbarn und Freunden geliehen. Ich werde es so schnell wie möglich zurückzahlen.«

KAPITEL II

Aber wie sollte Hatice jetzt nach Istanbul kommen? Die Familie oder gute Freunde besaßen kein Auto. Eine Bus- oder Zugverbindung gab es – aber Hatice durfte diese Strecke auf keinen Fall ohne Begleitung fahren. Das war eben so. Frauen, zumal so junge Mädchen wie sie, taten so etwas nicht. Was würden die Leute dazu sagen? Dass sie ab Istanbul mutterseelenallein unterwegs sein würde, war schon schlimm genug.

»Mit dem Schiff dauert es viel zu lange«, da war die Familie sich einig. Also beschlossen sie, ein Nachbar soll Hatice bis nach Istanbul begleiten. Doch der wollte neben den Kosten für die Busfahrt zusätzlich Geld haben. Da die vielen Lira, die die Reise kostete, schon von einem Onkel geliehen waren, kam die Familie zu einem anderen Entschluss. Der Mann, der Hatices Schwester Nurhayat, die zu dem Zeitpunkt noch nicht volljährig war, heiraten sollte, würde sie bis nach Istanbul bringen.

Nurhayat hatte bis zu dem Tag ihren zukünftigen Ehemann noch nie gesehen. Auch wenn Nurhayat fast zwei Köpfe größer und viel kräftiger als Hatice war, war sie ein Mädchen, das sich kaum wehrte. Sie fügte sich allen Entscheidungen der Eltern. Hatice hat neben ihrem Wunsch, eines Tages nach Deutschland zu gehen, auch genauso oft gesagt, dass sie niemals einen Mann heiraten würde, den sie sich nicht selbst ausgesucht hat. »Ich werde nur einen Mann nehmen, den ich liebe.«

Hatice war vor wenigen Monaten laut Geburtsurkunde zwanzig Jahre alt geworden. Sie war ein zartes hübsches Mädchen, fünfundvierzig Kilo leicht, bei einer Größe von nur 152 Zentimetern. In der Menge konnte man sie kaum von einem Kind unterscheiden.

Ihr zukünftiger Schwager, Salim ist sein Vorname, hatte Hatice zuvor ein einziges Mal gesehen. Er brachte sie wie beschlossen von Sinop nach Istanbul. Mit dem Bus eine Strecke, für die man fast sechzehn Stunden braucht. Auf der ganzen Fahrt sprachen sie nur wenig. Es schien, als grüble Salim über etwas nach. In Istanbul angekommen, stiegen sie an einer Bushaltestelle aus. Er trug ihre Reisetasche und packte sie fest am Handgelenk.

»Ich sage dir etwas.« Der Druck seiner Finger wurde stärker. »Wir beide, wir heiraten jetzt. Eine Blitzheirat. Ein Standesamt findet sich bestimmt ganz in der Nähe. Dann bist du eine ehrbare Frau, gehst nach Deutschland und schickst mir dein Geld. Alles, was du verdienst.«

Hatice wollte sich losreißen, doch Salim hielt sie fest. »Lass mich los. Ich werde dich niemals heiraten. Du bist Nurhayat versprochen.«

»Ein Versprechen kann man brechen.«

»Nein. Das tue ich meiner Schwester nicht an.« Außerdem kann ich dich nicht ausstehen, doch das sagte sie nicht.

»Als ob du und deine Schwester so dicke miteinander wärt. Wenn wir beide jetzt heiraten, kann niemand etwas daran ändern.«

»Nein, ich heirate dich nicht. Gib mir jetzt das Geld, das Papa dir für meine Weiterreise gegeben hat.« Warum schenkte Ismail dem blöden Salim mehr Vertrauen als ihr? Ab Istanbul wäre das Geld doch sowieso in ihrer Obhut gewesen. Salim lachte. »Man hat mir schon gesagt, dass du ein Flittchen bist.« Er ließ ihr Handgelenk los und die Tasche fallen. »Welches Geld?« Er grinste gemein. »Sieh zu, wie du klarkommst.« Sie bekam einen Schubs und er wechselte die Straßenseite, sprang in den Bus, der eben dort hielt und war verschwunden.

Da stand sie nun, mitten in Istanbul, umgeben von fremden Menschen, die an ihr vorüberhasteten. Die Stadt war beeindruckend und beängstigend zugleich. Im Dorf gab es keine tausend Einwohner, hier lebten Millionen.

Was sollte sie tun? Ihr war zum Heulen zumute. »Hatice, du weinst jetzt nicht. Du weinst nicht.«

Sie bückte sich, nahm ihre Tasche und begann herumzulaufen, auf der Suche nach dem Arbeitsamt, das sie vermitteln sollte. Sie fragte hier, wurde dorthin geschickt, erkundigte sich erneut und nach langer Suche stand sie vor einem großen Gebäude. Tief luftholend und mit durchgestrecktem Rücken betrat sie das Amt. Schnell wurde sie an die richtige Stelle verwiesen. In dem Warteraum traf sie auf eine junge Frau, die ungefähr in ihrem Alter war.

Hatice ging auf sie zu und sprach sie an. »Ich bin Hatice.«

»Nuray.«

»Hallo Nuray. Willst du auch nach Deutschland?«

»Ja«, sagte Nuray. Sie hatte bereits alle erforderlichen Papiere, um dorthin reisen zu können.

»Und warum sitzt du dann noch hier?«

»Ich werde gleich abgeholt.«

»Ich würde gerne mit dir kommen«, sagte Hatice. »Ich bin allein, du bist allein. Lass uns an denselben Ort fahren.«

Nuray schien Hatice ebenfalls sympathisch zu finden. Sie nickte. Die beiden gingen eine Zweckfreundschaft ein, aus der in den kommenden Jahren eine richtige Freundschaft werden würde, aber das wussten beide zu diesem Zeitpunkt ja noch nicht.

»Jetzt gehst du bitte noch mal hinein«, bat Hatice, »und sagst, du willst deine Freundin Hatice Yildirim mitnehmen.«

Nuray nickte. Gemeinsam stellten sie sich an dem Schalter an, an dem Nuray ihre Papiere schon erhalten hatte. »Das ist meine Freundin. Ist es möglich, dass wir beide an den gleichen Ort vermittelt werden können?«

Der Arbeitsamtsangestellte schien das zu kennen, nickte und ließ sich Nurays Unterlagen noch einmal geben. »Wie ist der Name?«

»Oh«, sagte Nuray. Sie hatte ihn vergessen. »Wie war noch dein Name?«

»Hatice Yildirim.«

»Genau. Hatice.« Nuray schenkte dem Mann ein Lächeln. »Sie ist meine Freundin«, wiederholte sie. »Und wir wollen zusammen an einem Ort arbeiten.«

Das schien einfach. »Da habe ich gleich mehrere Anfragen. Ihr könnt wählen. Wollt ihr in einem kleinen Städtchen oder einer Großstadt

wie Berlin, Hamburg oder München arbeiten?«
Nuray und Hatice waren sich sofort einig. »Ein kleiner Ort soll es sein, wenn wir nur zusammen sind.«
»Das seid ihr.« Der Beamte zerriss Nurays Papiere und beide bekamen neue.
»Kommt morgen gegen neun Uhr. Dann werden die Reisepapiere fertig sein«, versicherte er.
Bis zur Abreise dauerte es also noch einige Zeit. Hatice besaß nur ein paar selbst zusammengesparte Lira und hatte keine Unterkunft für die kommende Nacht.
»Du kommst mit zu meiner Tante«, bestimmte Nuray. »Sie besitzt in Istanbul eine Wohnung. Sie wird mich gleich abholen.«
»Wem gehört dieses Kind?«, war ihre erste Frage, als Nurays Tante die ein Meter und zweiundfünfzig Zentimeter kleine und fünfundvierzig Kilo leichte Hatice sah.
»Hatice ist genauso alt wie ich. Wir gehen zusammen nach Deutschland. Kann Hatice die Nacht bei uns wohnen?«
»Natürlich. Ich bin froh, dass du nicht alleine reisen musst. Kommt, der nächste Bus fährt gleich.«
Nurays Vater erwartete sie in der Wohnung. Er war froh über die Entscheidung seiner Tochter. »Hatice ist ganz alleine. Sie gehört jetzt zu uns.«
So übernachtete sie bei völlig Fremden und am kommenden Tag holten die beiden jungen Frauen die angekündigten Reisepapiere ab. Für jeden gab es ein Flugticket von Istanbul nach München, Bahntickets von München nach Emden, wo immer das liegen mochte.
»Danach«, sagte der Beamte und schaute in seine Papiere, »geht es noch mit dem Schiff weiter.«
Hatice fiel die lange Schiffsreise, die sie von Sinop nach Istanbul gemacht hatte, ein. Dieses Borkum musste demnach an irgendeinem Meer liegen. Hoffentlich benötigten sie für die Schiffsreise keine vier Tage.
»Und das hier«, erklärte der Beamte und deutete auf ein Stück Papier, »ist der Name des Dolmetschers. Er wird euch auf der Reise von

München nach Emden begleiten und euch schon mal einiges über Deutschland erzählen. Er sorgt dafür, dass ihr auch sicher ankommt.«

»Deutschland muss ganz schön groß sein«, sagte Hatice. »Wozu sonst brauchen wir einen Begleiter?«

»Damit ihr euer Ziel erreicht und nicht irgendwo anders ankommt.«

Hatice hatte den Eindruck, als machte der Mann vom Arbeitsamt sich um sie beide Sorgen. Sie konnte Nuray ansehen, dass sie vermutlich das Gleiche dachte. Anständige junge Mädchen sollten überall auf der Welt immer in männlicher Obhut reisen. In Gedanken an ihren zukünftigen Schwager, der sie einfach ausgesetzt hatte, wäre ihr lieber eine Frau gewesen, doch die durften bestimmt auch in Deutschland nicht alleine unterwegs sein.

»Jedenfalls«, sagte Nuray später, »wird es für uns leichter sein, wenn wir von jemandem gebracht werden. Stell dir vor, wir müssen nach dem Weg fragen. Ich weiß gar nicht, wo dieses Borkum liegt, und nachfragen kann ich auch nicht. Ich spreche kein einziges Wort Deutsch. Du etwa?«

»Ja, nein«, sagte Hatice. Ganze zwei deutsche Worte.

»Damit kommst du auch nicht weit.«

»Wer bezahlt das eigentlich alles?«

»Das Arbeitsamt.« Nuray wusste so viel mehr von der Welt, dachte Hatice. Gut, dass ich sie getroffen habe.

»Aber sie holen sich das Geld von dem zukünftigen Arbeitgeber zurück.«

»Dann werden wir bestimmt viel und hart arbeiten müssen. Es will niemand Geld an uns verlieren.« Die Vorstellung machte ihr Angst.

»Was«, fragte Hatice, »wenn wir die Auflagen nicht erfüllen? Wenn sie Arbeiten verlangen, die wir gar nicht können? Müssen wir dann das viele Geld zurückzahlen?« Ihr schoss bei dem Gedanken Wasser in die Augen, das sie schnell wegzwinkerte. Nein, beruhigte sie sich selbst. Du schaffst das, du bist es gewohnt, schwer zu arbeiten und flott lernen kannst du auch. Außerdem hätten die vom Arbeitsamt das erwähnt. Dennoch nagte die Vorstellung an ihr.

Die trüben Gedanken waren vergessen, als sie den Flughafen

erreichten. Was für ein riesiges Gebäude und so viele Flugzeuge. Wo die wohl alle hin wollten? Hatice und Nuray durften das bisschen Gepäck, das sie besaßen, mit in den Flieger nehmen, mussten jedoch einem freundlichen Mann vorher den Inhalt ihrer Taschen zeigen. Eine Frau tastete sie ab, als ob sie etwas Bestimmtes suchte.
»Waffen«, wusste Nuray.
Nach der Passkontrolle fragten sie sich zu ihrem Flugsteig durch und waren beeindruckt, was in den Geschäften im Flughafen alles angeboten wurde. Eines Tages, dachte Hatice, werde ich mir in einem dieser Läden etwas kaufen können.

Der Flug von Istanbul nach München dauerte ungefähr zwei Stunden. Eine freundliche Dame brachte jedem Passagier etwas zu trinken und wollte nicht einmal Geld dafür haben.
Endlich landeten sie in München. Am Flughafen wartete ein Landsmann auf sie. Er trug ein Schild mit ihrem Namen darauf. Zur Begrüßung überreichte er Hatice und Nuray einen Essensbeutel, der für die weitere Reise gedacht war. Dann brachte er sie zum Münchner Bahnhof.
Unterwegs im Zug von München nach Emden erzählte er ihnen etwas über Deutschland. Er lachte viel und sagte öfter: »Ihr müsst gut auf euch aufpassen.« oder »Ihr seid beide so hübsch und noch so jung, seid vorsichtig.« Dieser Heuchler. Jedenfalls machte er jede Menge Witze, von denen die Mädchen einige nicht verstanden, höflicherweise jedoch immer mitlachten. Der Zug war am Anfang der Reise ziemlich voll, wurde später aber leerer. Dann saßen sie mit ihm allein im Abteil. Nuray und Hatice waren von den neuen Eindrücken müde geworden. Das monotone Rattern und die vorbeifliegenden Bäume und Häuser machten sie schläfrig. Sie hatten Mühe, die Augen offenzuhalten. Schließlich schliefen sie ein.
Mit einem Mal spürte Hatice Finger an ihren Beinen, die sie streichelten. Sie schreckte hoch und wusste im ersten Augenblick nicht, wo sie war. Sie blickte in zwei dunkle Männeraugen. Sie waren gefährlich nahe. Sein Atem war unangenehm. Hatice geriet in Panik.

Sie schrie und trat mit den Füßen nach ihm. Nuray schreckte aus ihrem Schlaf und stimmte in das Schreien mit ein, bis er fluchtartig das Abteil verließ. Hatice schob die Tür hinter ihm zu.
»Was ist los? Warum schreist du?«
»Der verfluchte Kerl hat mich angegrapscht.«
Ehe Nuray etwas erwidern konnte, wurde die Abteiltür wieder aufgerissen. Er war zurück. Er jammerte und flehte, nichts dem Schaffner zu sagen und hörte erst auf zu reden, als Hatice endlich zustimmte. »Geh weg«, forderten die Mädchen. »Setzt dich woanders hin. Du kannst uns Bescheid geben, wenn wir in Emden angekommen sind.«
»Du hast ihn provoziert«, schimpfte Nuray, als er endlich verschwand. »Du hast zu viel mit ihm gelacht.«
»Ich wollte nur freundlich sein.« Was wusste Hatice schon von solchen Dingen.
Wie versprochen ließ er sich bis Emden Hauptbahnhof nicht mehr blicken. Dort mussten sie ein letztes Mal in einen anderen Zug umsteigen, der sie zum Emder Außenhafen bringen sollte. Sie folgten ihm, hielten jedoch genügend Abstand. Er brachte sie noch bis ans Schiff, kaufte ihnen die Fahrkarten und fort war er.
Auf der Fähre von Emden zur Insel Borkum setzten sie sich zu einer älteren Frau an den Tisch. Sie redete und redete, bis sie endlich merkte, dass weder Nuray noch Hatice ein Wort von dem, was sie sagte, verstanden. Sie stand auf und kam kurz darauf mit zwei Gläsern voll schwarzem Wasser zurück. Cola. Ein Getränk, das sie noch nie gesehen hatten.
»Das trinke ich nicht«, flüsterte Nuray. »Wer weiß, was da drin ist.«
»Es ist kein Tee«, sagte Hatice. »Sieh mal, es sprudelt.« Auch sie war misstrauisch.
Die Frau tat so, als bemerkte sie es nicht und redete ohne Punkt und Komma weiter. Sie glaubte vermutlich, dass sie doch ein wenig deutsch verstanden. Immerzu erwähnte sie das Wort »Borkum« und als sie wieder aufstand und fortging, sagte Nuray. »Das ist sicher ihr Name, sie heißt genauso, wie der Ort, wo wir hin müssen.«

Frau Borkum. Sie kam nicht an den Tisch zurück.
»Ich sehe gar kein Land mehr.« Nuray klang ein wenig ängstlich.
»Das ist normal. Ich bin mal auf dem Schwarzen Meer gereist. Da kam es auch vor, dass nur in der Ferne etwas Land zu sehen war.«
»Wenn wir jetzt untergehen«, sagte Nuray, »halte ich mich an einem dieser komischen roten und grünen Dinger fest, die ab und zu im Wasser schwimmen.«
»Wir gehen schon nicht unter.« Hatice deutete zum Fenster hinaus.
»Dort, schau. Da kommt wieder Land in Sicht.«
Sie warteten und schauten. »Wir fahren daran vorbei.« Nuray war beunruhigt.
»Das ist wohl normal. Schau auf die Menschen. Niemand scheint das aufzuregen. Also müssen wir wohl noch weiter.«
»Schau mal, ein Leuchtturm.« Kurz davor bog das Schiff nach rechts ab. Es schaukelte. Aus den vollen Gläsern schwappte es fast über.
»Wenn das so weitergeht«, sagte Nuray, »dann wird mir schlecht.«
Keine zehn Minuten später wurde die Fähre langsamer, die Motoren heulten auf und unter ohrenbetäubendem Lärm schob sie sich an die Kaianlagen heran. Die Menschen standen auf, zogen ihre Jacken an und griffen nach den Taschen.
»Wir sind da.«
Die Fähre legte an und sie gingen von Bord.
»Was nun?«
Im Hafen blies ein kräftiger Wind. Kein Baum oder Strauch war zu sehen, doch dafür eine kleine Eisenbahn. Eine Dampflok mit ein paar Waggons, die unter den Fenstern grün angestrichen waren und auf denen etwas geschrieben stand.
»Sieh mal, da.« Nuray deutete auf eine Frau.
Sie trug ein Schild mit Hatices und Nurays Namen drauf.
Frau Scheu, ihre zukünftige Arbeitgeberin. Sie bestiegen die hübsche Bahn, die so ganz anders war als die Züge auf dem Festland. Sie schien uralt und zuckelte durch die Landschaft. Eine halbe Stunde später standen Hatice und Nuray vor ihrem neuen Zuhause.
»Möwennest« stand in großen Buchstaben an der Hauswand

geschrieben. Es war ein Kinderheim, doch die beiden Mädchen konnten nur denken: »Was für eine Prachtvilla.«
Drei Stockwerke hoch im viktorianischen Stil erbaut und mit riesigen Fenstern.
Frau Scheu hatte zur Begrüßung den Tisch gedeckt und sie machte ihnen mit Handbewegungen klar, dass sie so viel essen konnten, wie sie wollten. Es gab einiges, was weder Hatice noch Nuray kannten, aber Hatice probierte alles. Es schmeckte fantastisch.
»Da ist sicherlich Schweinefleisch dabei«, warnte Nuray.
»Das ist mir vollkommen egal«, sagte Hatice und griff zu. »Wenn alles so fantastisch schmeckt, werde ich ab heute eben Schweinefleisch essen.«
Nuray jedoch verzichtete.
»Wir sind im Paradies angekommen.«
Als sie sich satt gegessen hatten, erklärte Frau Scheu mit Händen und Füßen, dass sie jetzt duschen sollten.
Sie folgten ihr in ein Badezimmer. So eines hatten sie noch nie gesehen. Kacheln in weiß und rosa, ein Waschbecken, eine Dusche und eine Toilette.
»Wir haben zu Hause nur ein Loch im Fußboden«, sagte Hatice.
»Unsere nennt man französische Toiletten«, wusste Nuray. »Ich habe gehört, die gibt es in Deutschland nicht.«
Kalt- und Warmwasser aus ein und demselben Wasserhahn war beiden Mädchen unbekannt. Frau Scheu erklärte, wie es funktionierte und sie taten, als würden sie verstehen, was ihnen gesagt wurde.
Jede bekam ein Handtuch. Groß, weich und flauschig. Frau Scheu ließ sie alleine und so duschten sie am Tag ihrer Ankunft kalt, weil sie sich nicht trauten, an dem Hebel herumzudrehen. Womöglich brach etwas ab und sie würden sofort wieder nach Hause geschickt.
Nach dem Duschen führte Frau Scheu sie auf ihr Zimmer. Was für ein Luxus. Ein Raum für zwei Personen und jede hatte ein eigenes Bett. Sie waren im Paradies. Glücklich darüber, heil und gesund angekommen zu sein und berauscht von all den fremden Eindrücken, schliefen sie die erste Nacht in der neuen Heimat schnell ein.

KAPITEL 12

Es gab viele fremdartige Dinge im Haus »Möwennest«. Es begann mit einfachen Dingen, wie beispielsweise dem Frühstück. Daheim gelangten selbst gezogene Tomaten, Gurken und Paprika sowie selbst gemachter Joghurt und helles Brot auf den Frühstückstisch. Hier gab es verschiedene Arten von Brot. Weißes, hellgraues und schwarzes, mit vielen Körnern darin. Zudem tischte Frau Scheu schon zum Frühstück Wurst, Käse und Marmeladen auf. Zum ersten Mal aß sie Leberwurst. Die gab es ebenfalls in verschiedenen Versionen, grob und fein. Gelegentlich gab es Brötchen. Auch das, was zum Mittag und zum Abendessen gereicht wurde, schmeckte herrlich und vor allem, es war reichlich für jeden da.

Es gab ein Radio und einen Fernseher, den hatte in Osmaniye, ach was sagt sie, in ganz Sinop vermutlich kein Mensch. Zudem jede Menge Elektrogeräte in der Küche, deren Verwendung ihnen unbekannt war und sie erst lernen mussten. Brot beispielsweise hatten sie über offenem Herdfeuer oder in einer Pfanne geröstet, hier steckte man es einfach in einen Toaster und drückte den Hebel herunter. Die Wunder nahmen kein Ende. Es gab sogar eine Waschmaschine. Auch die hatte weder Hatice noch Nuray vorher gesehen, geschweige denn damit gearbeitet. Frau Scheu zeigte ihnen, wie alles funktionierte.

Ein paar Tage später, Nuray und Hatice standen in der Waschküche und falteten Handtücher zusammen, als Nuray panisch ausrief: »Die Wäsche ist weg.« Das war zu dem Zeitpunkt, als die Maschine schleuderte und die Wäsche nicht mehr zu erkennen war.

Einige Tage später lachten sie darüber, das tägliche mehrmalige Wäschewaschen war schon zur Routine geworden.

Am ersten Morgen, gleich nach dem Frühstück, zeigte Frau Scheu ihnen ihre erste Aufgabe. Sie sollten die Stühle, von denen es viele gab, putzen.

Das Möwennest war ein Kinderheim für kränkelnde und erholungssuchende Kinder, die auf der Insel für einige Wochen im Hochseeklima der Nordsee gesund werden sollten. Hatice zählte fast hundert Stühle und man kann sich vorstellen, wie die von den vielen Kinderhänden vollgeschmiert waren. Als sie mit der Arbeit fertig waren, sagten zwei Frauen, die dort ebenfalls angestellt waren: »Das habt ihr nicht ordentlich geputzt.«
Weder Nuray noch Hatice verstanden die Worte, doch die Zeichen, die sie gaben, waren eindeutig. Es war den Kolleginnen nicht sauber genug.
Wie sich am ersten Tag zeigte und später auch nicht besser wurde, waren die beiden sehr unfreundlich.
»Gastarbeiter.« Ein Wort, das Hatice öfter hörte. Sie schlug es in einem Wörterbuch, das Frau Scheu ihr gegeben hatte, nach.
Gastarbeiter, war zu lesen, sind Arbeitsmigranten. Die Arbeitskolleginnen aber sprachen es wie ein Schimpfwort aus. Schnell erkannte Hatice, dass die beiden Frauen zum einen sehr feindselig und zum anderen recht faul waren. Sie machten jeden Tag von neun bis zehn Kaffeepause, rauchten und tratschten und ließen Nuray und Hatice arbeiten.
So vergingen mehrere Tage.
»Die nutzen uns nur aus«, sagte Hatice zu Nuray. »Ich werde es der Chefin melden.«
»Aber wie willst du ihr das erklären? Die paar Wörter, die du schon Deutsch sprechen kannst, reichen nicht aus.«
»Das krieg ich hin.« Und es gelang. Frau Scheu hatte verstanden, was Hatice ihr sagen wollte. Sie glaubte ihr. Vermutlich hatte sie es bereits selbst festgestellt. Jedenfalls wies sie die beiden Frauen zurecht.
Als die Chefin gegangen war, kam eine auf Hatice zu. Ihre Wut ließen die Augen zu Schlitzen werden. »Du bist ein Schwein«, rief sie, von ihren Lippen spritzte Speichel. Dabei tippte sie mit dem Finger fest gegen Hatices Brust und schubste die kleine zarte junge Frau hart.
Nach der Arbeit schlug Hatice im Wörterbuch nach, was »Du bist ein Schwein« bedeutete.

Am kommenden Morgen, die Kollegin kam wieder mal zu spät zur Arbeit, fing Hatice sie an der Tür zur Wäschekammer ab. Die Hände in die Hüften gestemmt, baute sie sich vor der gut einen Kopf größeren Kollegin auf. »Ich nicht Schwein«, sagte sie, »du bist Schwein.« Das machte die Zusammenarbeit zwar nicht einfacher, aber die Frau zeigte ein wenig mehr Respekt.
Frau Scheu hingegen war immer nett und fair. Sie erkannte, dass die zwei türkischen Mädchen gut und schnell arbeiten konnten. Bei Herrn Scheu hingegen sah es etwas anders aus.
Eines Tages, die Mädchen waren schon fast drei Monate auf der Insel, saß er mit seiner Ehefrau im Speisesaal an einem der vielen Tische. Nuray und Hatice aßen an einem anderen Tisch. Aus der Ferne konnten sie erkennen, dass er schlechter Laune war. Plötzlich klatschte er zwei Mal in die Hände und sah seine Ehefrau herausfordernd an. Sie wandte sich an die Mädchen und sagte: »Hatice, frage ihn, was er will.«
»Was Sie wollen, Herr Scheu?«
»Ich will ein Glas Wasser.«
Solche kleinen Schikanen mochte er. Hatice stand auf, kam herüber und schenkte ihm ein. Sie tat es, ohne zu murren, Frau Scheu zuliebe. Sie war immer nett, freundlich und großzügig und kümmerte sich um Hatice und Nuray. Frau Scheu hatte es nicht leicht mit ihrem Ehemann.
Hatice lernte viel in den ersten sechs Monaten auf der Insel Borkum. Der Tag begann recht früh. Sie bereiteten das Frühstück vor, von dem sie selbst aßen, bevor die Kinder, die zur Kur im Haus lebten, zum Essen kamen. Sie halfen denjenigen, die zu klein waren, ein Brot zu schmieren und trockneten so manche Kindertränen, wenn etwas daneben ging. Nach dem Frühstück gingen die Kinder mit den Erzieherinnen aus dem Haus. Bis sie zurückkamen, musste der Speisesaal abgeräumt und gesäubert werden. Anschließend wurden die Zimmer aufgeräumt und gereinigt, vollgespuckte Bettwäsche oder Pipilaken gewechselt und die Toiletten geschrubbt. Danach ging es an die Mittagsessensvorbereitungen. Hatice und Nuray halfen

in der Küche, wenn sie mit den Zimmern fertig waren. Nachdem die Kleinen gegessen hatten und zum Mittagsschlaf in ihren Betten verschwanden, konnte das Personal essen. Der Nachmittag verging mit Wäschewaschen, Trocknen und Bügeln oder Einkaufen. Gelegentlich, wenn eine der Erzieherinnen krank war oder frei hatte, begleitete Hatice die Kinderschar an den Strand, auf den Spielplatz und eines Tages auch ins Kino. Die Tage waren angefüllt mit Arbeit, Wochenenden oder freie Tage gab es selten, was Frau Scheu allerdings mit etwas zusätzlichem Geld beglich.
So ging die erste Saison auf Borkum zu Ende. Hatice verdiente vierhundertfünfzig Deutsche Mark. Essen und Unterkunft waren umsonst, also behielt sie von dem Geld fünfzig Mark für sich und schickte vierhundert an ihre Eltern. Monat für Monat. Vierhundert Mark waren damals in der Türkei sehr viel mehr wert als in Deutschland. Ein kleines Vermögen. Ihre Eltern kauften davon ein Grundstück und begannen ein Haus zu bauen. »Jetzt«, schrieb ihre Schwester in einem Brief, »ist die Familie Yildirim endlich wer. Wir werden von allen gegrüßt, auch von denen, die vorher immer die Nase so hoch trugen, weil wir so arm waren. Und stell dir vor, seit wir unsere Schulden bezahlen können, das Grundstück gekauft haben und mit dem Hausbau begonnen haben, wird keines deiner Geschwister mehr in der Schule ignoriert oder gequält.«
Die Sommersaison auf Borkum ging zu Ende und die Erzieherinnen fuhren heim zum Festland oder blieben bis zum kommenden Jahr zu Hause. Hatice und Nuray durften bleiben, um auch in der nächsten Saison, es war das Jahr 1973, zu arbeiten.
Da es zu der damaligen Zeit im Winter recht einsam war, die Touristen kamen ja nur im Sommer, hatten sie wenig zu tun. Sie wurden als Arbeitskräfte ausgeliehen und mangelten Wäsche im Hotel Europa. Gelegentlich halfen sie, Frau Scheus private Wohnung zu reinigen und machten in den Wintermonaten im ganzen Möwennest eine Grundreinigung. Das Gleiche taten sie in Ferienwohnungen, deren Eigentümer auf dem Festland lebten. Eine dieser Wohnungen gehörte einem Piloten. Beim Putzen fanden sie Zeitschriften mit

nackten Frauen. Auf den Bildern konnte man alles, aber wirklich alles ganz genau erkennen. Weder Hatice noch Nuray hatten jemals so etwas gesehen. Schwankend zwischen Neugier und Abscheu blätterten sie darin herum, als der Wohnungseigentümer plötzlich hinter ihnen stand.

»Na«, fragte er und klang anzüglich, »lernt ihr was?«

KAPITEL 13

In den Wintermonaten fanden sie Zeit, um im Speisesaal fernzusehen. Das TV-Gerät war ein moderner Farbfernseher.
Im Winter 1973 gab es eine Sendung, sie hieß: Unsere Heimat, eure Heimat. Das erste Programm zeigte fünfzehn Minuten lang etwas in türkischer Sprache.
»Nuray, komm endlich«, rief Hatice, die Sendung fängt gleich an.«
»Ich sehe mir das später an.«
»Aber Nuray, das kommt jetzt, später ist was anderes im Fernsehen.«
Das Kinderheim Möwennest war ein sehr großes Haus. Im Winter standen fast alle Zimmer leer. Frau Scheu hatte angeboten, dass sich für die kommende Zeit jede ein eigenes Zimmer nehmen durfte, doch die beiden Freundinnen lehnten ab.
Die meiste Zeit verbrachten sie im Wäscheraum, um fehlende Knöpfe anzunähen, Löcher zu stopfen oder Risse zuzunähen. Eines Tages schlief Hatice dabei ein. Niemand bemerkte es, alle dachten, sie würde fleißig nähen.

1973. Nach über einem Jahr auf der Insel wurde es Zeit, die Familie zu Hause zu besuchen. Hatice und Nuray flogen von Hamburg aus nach Istanbul. Dort trennten sich ihre Wege. Am Ende der Ferien planten sie gemeinsam nach Borkum zurückzureisen.
Hatice benötigte sechzehn Stunden, um mit dem Bus von Istanbul nach Sinop und von Sinop nach Osmaniye zu fahren.
In den kommenden Tagen fuhr Hatice öfter mit dem Bus nach Sinop, immer in Begleitung eines ihrer Familienmitglieder. Dabei lernte sie ihren zukünftigen Ehemann kennen.
Er stand an der Haltestelle und wartete auf den Bus zurück ins Dorf, als sie sich begegneten. Hatices Vater war dabei. Die beiden schienen sich zu kennen und unterhielten sich angeregt. Hatice versicherte

später immer wieder: Es war Liebe auf den ersten Blick.
Im Jahr 1973 war es in der Türkei für einen Mann unschicklich, eine junge Frau einfach anzusprechen. Umgekehrt sogar unmöglich. Also sprach der Fremde, in den Hatice sich sofort verguckt hatte, und dem es augenscheinlich ebenso erging, nur mit Hatices Vater. Als der Bus kam und der Vater ihm entgegenblickte, schrieb der Fremde seine Adresse auf einen Zettel und ließ ihn, als der Bus kam, im Vorbeigehen vor ihre Füße fallen. Hatice nahm ihn hoch und steckte ihn ein.
Ihr Vater schien nichts bemerkt zu haben, oder er tat so, als merke er nichts. Hatice verschwieg sogar ihrer Mutter die Begegnung, denn sie hätte es auf keinen Fall verstanden. Die Erkenntnis, sich verliebt zu haben, ließ Hatice innerlich platzen. Sie vertraute sich einer Tante, der Schwester ihrer Mutter, an.
»Soll ich einen Brief schreiben?«, fragte sie.
»Mach das«, riet die Tante. Das war genau die Antwort, auf die Hatice gehofft hatte. Also setzte sie sich hin und schrieb eine Nachricht.
In allerfeinster Sonntagsschrift notierte sie, sie sei ein Mädchen vom Dorf. Dass sie Schneiderin gelernt hatte, verschwieg sie, da der Beruf in der Türkei kaum als richtiger zählte, da jede Frau nähen konnte. Aber sie schrieb, dass sie in Deutschland arbeitete. Mit der Tatsache musste er sich abfinden, wenn er genauso für sie empfand, wie sie für ihn. Auf keinen Fall würde Hatice für einen Mann ihre Zukunft in Deutschland aufgeben.
Sie vertraute das Schreiben der Tante an, die dafür sorgte, dass er zur Post gelangte.
Schneller als erwartet kam eine Antwort. Es waren viele Seiten. Sechs, soweit sie sich erinnerte, doch sie bekam sie niemals zu lesen.
Der Ehemann ihrer Tante war zu der Zeit Bürgermeister im Dorf. Er musste von allem etwas mitbekommen haben. Als der Antwortbrief für Hatice eintraf, übergab ihn der Postbote statt an sie an ihren Onkel. Der öffnete ihn und zitierte Hatice und ihre Mutter zu sich.
Bereits von Weitem konnten sie erkennen, dass er vor Wut schäumte.
»Du bringst nichts als Schande über die Familie. Nicht genug, dass

du in Deutschland lebst. Ich mag gar nicht darüber nachdenken, in welche Sünden du dort verstrickt bist. Und nun? Was tust du? Häufst weiter Schande über die Familie. Was fällt dir ein, von einem Fremden Post zu bekommen. Setzt euch dort hin und wartet.«
Es dauerte eine Weile, da trudelten sie alle ein. Er hatte die komplette Familie versammelt.
»Setz dich da hin«, befahl er. Hatice musste wie eine Angeklagte im Gerichtssaal mitten im Raum auf einem Stuhl Platz nehmen.
»Du bist eine Nutte«, schrie er. »Wie kannst du einem fremden Mann einen Brief schreiben? Du glaubst doch wohl nicht, dass er dich heiraten wird. Der Mann ist Lehrer. Ein gebildeter Herr. So einer kann jede anständige Frau in der Türkei haben. Da wartet er sicherlich nicht auf eine wie dich. Du bringst Schande über unsere Familie«, rief er und erzählte allen, was geschehen war. Zwei weitere Onkel nickten heftig, während die Tanten, sogar die, die geraten hatte, den Brief zu schreiben, traurig ihre Köpfe schüttelten und schwiegen. Hatices Mutter weinte nur, ihr Vater sagte kein Wort.
»Wer weiß, was du in Deutschland alles treibst, hier jedenfalls leben anständige Menschen«, meldete sich jetzt auch einer der Onkel zu Wort. Er hatte gut reden. Er war ein reicher Mann, so lange Hatice denken konnte. Schon vor Jahren hätte er Hatices Familie fördern und unterstützen können. Der alte Geizkragen. Für ihn wäre es ein Leichtes gewesen, gelegentlich eine Arbeit zu vermitteln oder etwas zu essen zu besorgen, wenn sie hungerten.
Wer weiß, vielleicht wäre Hatice dann gar nicht erst auf den Gedanken gekommen, nach Deutschland zu gehen, um Geld zu verdienen und Eltern und Geschwister zu unterstützen.
Aber das durfte hier niemand sagen. Es hätte alles nur noch schlimmer gemacht.
»Ich bringe dich um«, drohte Schwager Salim, griff nach dem Brief und schwenkte ihn vor Hatices Nase herum. Der hatte es gerade nötig, wo er sie doch zu einer Scheinehe hatte überreden wollen. Sicherlich grollte er ihr immer noch, dass sie ihr Geld statt an ihn an die Eltern sandte.

Hatices Vater legte eine Hand auf Salims Schulter. Man konnte sehen, dass er fest zupackte. Mit einem stummen Blick verwies er den Schwiegersohn auf seinen Platz. Der grinste hämisch, wedelte erneut mit dem Brief, ehe er ihn in kleine Stücke zerriss und in den Ofen warf. Die Papiere verbrannten.

Als Hatice endlich mit ihrer Mutter alleine war, nahmen sie sich in die Arme und drückten sich fest.

»Mama, sei nicht traurig, es wird alles gut.« Dann erzählte sie von Salim, wie er sie alleine in Istanbul zurückgelassen hatte, das Geld, das für Hatices Reise bestimmt war, einsteckte und ihr das unmoralische Angebot einer Scheinehe machte.

Lütfiye schien das wenig zu überraschen. »Kein Wort davon zu deiner Schwester«, mahnte sie. »Nurhayat hat es so schon schwer genug.«

Hatice hatte den abklingenden blauen Fleck an Nurhayats Wange wohl bemerkt. »Warum lässt sie sich das gefallen?« Die Antwort darauf gab sie sich selbst. Wer sollte ihr helfen, sie war eine verheiratete Frau, da bestimmte der Ehemann. »Seit wann trägt sie ein Kopftuch?«

Auch diese Frage konnte sie sich selbst beantworten. Seit der Eheschließung und auf Salims Wunsch, den sie unmöglich abschlagen konnte.

»Aber sie ist schwanger«, protestierte Hatice.

Niemals, schwor sich Hatice, werde ich einer arrangierten Ehe zustimmen. Den Mann, den ich mal heirate, suche ich mir selbst aus.

»Wie heißt er denn, der junge Mann, in den du dich verliebt hast?«

»Salih Günay.«

»Salih und Salim.« Lütfiyes Kopf wippte ganz leicht auf und ab. Wenn das man kein schlechtes Omen ist.

Heimlich schrieb Hatice einen neuen Brief an Salih Günay. Diesmal stellte sie es geschickter an und gab das Schreiben im weit entfernten Sinop im Postamt auf. Sie bat um ein Treffen. Die Antwort ließ sie sich an die Adresse eines Nachbarn schicken. Salih antwortete schnell und sie vereinbarten ein Wiedersehen. Endlich konnten sie miteinander sprechen, sich besser kennenlernen. Und, wie es so schön heißt, der

Funke, der bereits an der Bushaltestelle übergesprungen war, hielt, was er versprochen hatte. Hatice war bis über beide Ohren verliebt.
Während des Gesprächs erwähnte Salih, dass er nicht alleine gekommen war. Seine Mutter hielt sich ganz in der Nähe auf und beobachtete sie. Salih deutete auf eine Frau, die Hatice bisher nicht weiter aufgefallen war, sie lief hin und her und schaute alle paar Sekunden zu ihnen herüber. Salih winkte sie herbei und stellte die beiden Frauen einander vor.
Wie es die Liebe auf den ersten Blick gibt, gibt es auch die gegenseitige Abneigung vom ersten Augenblick an.
Salihs Mutter sagte schon damals, was sie dachte: »Was? Das hässliche Mädchen willst du heiraten? Sie ist eine Bohnenstange.« Dabei war Hatice nur 1,52 Meter groß. Ihr Herz klopfte wie wild. Er hatte also schon mit seiner Mutter über eine eventuelle Hochzeit gesprochen.
»Die darfst du nicht heiraten«, zeterte sie. Warum, ließ sie unerwähnt.
Trotz aller Einwände trafen Salih und Hatice sich weiter. Beim zweiten Treffen wollte er sie küssen, aber sie rief: »Nein, das darfst du nicht, davon wird man schwanger.«
»Du solltest dir dringend gewisse Dinge von deiner Mutter erklären lassen«, riet er und küsste sie auf die Wange.
Ein paar Tage später ging er in Begleitung seiner Eltern zu Hatices Eltern und erklärte in einem Tonfall, der keinen Widerspruch duldete: »Ich heirate Hatice. Und wenn mein Militärdienst zu Ende ist, ziehe ich zu ihr nach Deutschland.«
Statt des erwarteten Widerstandes, bei dem Theater, das die Onkel noch vor einiger Zeit veranstaltet hatten, willigten Hatices Eltern erleichtert ein. Sie waren froh, dass ihre Tochter, die alleine in Deutschland lebte, einen türkischen Mann bekam. Die Hochzeit wurde ausführlich besprochen und ein Termin festgelegt.
Hatice hatte ihren Willen bekommen.
Dann kam die Frage, die unweigerlich kommen musste: »Ist Hatice noch Jungfrau?«
Wie erwartet, behauptete die zukünftige Schwiegermutter natürlich das Gegenteil: »Ganz bestimmt ist sie keine mehr. Ganz Deutschland

ist liederlich und alle türkischen Frauen, die von dort zurückkehren, sind berührt und befleckt.«
Jede Beteuerung Hatices, sie wäre noch Jungfrau, fiel bei vielen auf unfruchtbaren Boden. Es entsprach der Wahrheit, doch konnte sie sehen, dass man ihr nicht glaubte. Hauptsache einer tat es. Salih glaubte fest an sie.
»Wir haben kein Geld«, versicherten Salihs Eltern. Traditionsgemäß waren sie für die Finanzierung der Hochzeit zuständig.
»Aber ich habe welches«, sagte Hatice.

KAPITEL 14

Doch bevor Hochzeit gefeiert werden konnte, wurde es Zeit, wieder nach Deutschland zurückzureisen.
»Wie ist er so, dein Salih?«, fragte Nuray gleich nach ihrer Ankunft auf Borkum. Sie hatten sich auf ihr Zimmer zurückgezogen, um ungestört miteinander reden zu können. »Sieht er gut aus? Was macht er beruflich? Ist er nett oder interessiert er sich wie alle türkischen Männer nur für Autos?«
»Woher willst du denn wissen, wofür sich türkische Männer interessieren?«
»Alle aus meiner Familie, Bekannte und Freunde haben nur eines im Kopf. Ein Auto.«
»Über Autos haben wir nicht gesprochen.«
»Worüber denn?«
Hatice erzählte, was sie erlebt hatte. Nuray schaute sie lange an, dann wiegte sie den Kopf und sagte: »Es heißt, für einen türkischen Mann ist die Frau Nummer eins immer die Mutter.« Nuray überfielen gelegentlich solche Anwandlungen von Weisheiten, über die Hatice sich nur wundern konnte. »Deswegen«, sagte Nuray, »sollte die zukünftige Ehefrau sich bewusst sein, dass diese auch nach der Hochzeit immer die Nummer eins bleiben wird. Wie ist sie denn so, Salihs Mutter?«
»Fatma Günay? Sie hasst mich.«
»Woher willst du das wissen?«
»Sie lässt es mich bei jeder Gelegenheit spüren.«
»Versuche, dich mit ihr zu verstehen, das macht vieles einfacher.«
»Du redest schon wie meine Mutter.«
»Wo du gerade von deiner Mutter sprichst. Hat sie dir erklärt, was die Ehemänner von uns erwarten?«
»Du meinst Sex?« Hatice schüttelte den Kopf.

»Mist. Wir sollten unbedingt mehr darüber erfahren.«
Hatice vertrat die gleiche Meinung. »Wenn ich das nächste Mal zurück nach Osmaniye komme, sollte sie alles über Sex wissen. Wie funktioniert er, was musste man dabei tun, was lieber sein lassen.« Und im Stillen fügte sie hinzu: Tut es weh, ist es unangenehm oder bereitete es sogar Freude?
»Wir könnten es in Büchern nachlesen.«
»Und wo willst du die herbekommen? Sind deine Deutschkenntnisse so gut, dass du sie lesen kannst?«
Hatice war froh, dass sie Deutsch einigermaßen sprechen und verstehen konnte, aber ein ganzes Buch lesen und den Inhalt auch noch verstehen, traute sie sich nicht zu.
»Was ist mit dem Magazin, dass wir bei dem merkwürdigen Typen in der Eigentumswohnung entdeckt haben?«
Sie fanden damals keine Zeit, es genau zu studieren. Das wäre die Lösung. Aber wer geht in einen der beiden Zeitschriftenläden, die es auf der Insel gab, um eine Sexzeitschrift zu kaufen?
»Ich geh auf keinen Fall.«
»Ich auch nicht.«
Auch wenn Borkum zehnmal größer als Osmaniye ist, kann man die Insel doch mit einem Dorf vergleichen. Was sollten die Leute und vor allem Frau Scheu von ihnen denken?
»Nuray, du weißt doch sicher ein ganz kleines bisschen über Sex?«
»Nein, gar nichts.«
»Wirklich nicht?«
»Nur weil ich mich drei Mal mit einem Deutschen getroffen habe, bin ich noch lange keine Expertin.«
»Ja, entschuldige bitte. Was sollen wir tun?«
»Keine Ahnung. Frau Scheu fragen?«
»Nein.«
»Du hast recht, das wirft ein schlechtes Licht auf uns. Ich habe mal gehört, es gibt Filme darüber.«
»Im Kino?«
»Wo sonst?«

»Da gehe ich auf keinen Fall rein«, versicherte Nuray.«
»Aber wenn du etwas mit einem deutschen Mann anfängst, solltest du wissen, was auf dich zukommt.«
Also gingen sie ins Kino. Sie schauten »Papillon«, aber da ging es nur um Gefangene, die fliehen wollten. Bei »Zwei Himmelhunde auf dem Weg zur Hölle«, wurde nur geboxt, geblödelt und gekämpft, ähnlich wie in »Mein Name ist Nobody.«
»Wieder nur ein Familienfilm.« Drei Nachmittage hintereinander hatten sie jetzt das Kino besucht, von Sex weit und breit keine Spur. Schade, sie kamen sieben Tage zu spät, denn eine Woche vorher lief: »Was Sie schon immer über Sex wissen wollten, aber bisher nicht zu fragen wagten« von Woody Allen.
»Vielleicht sollten wir in die Nachtvorstellung gehen.«
Gesagt, getan.
Als der Film begann, schaute Nuray nur ganz kurz zu, dann verließ sie fluchtartig das Kino.
Hatice zwang sich, den Pornostreifen bis zum bitteren Ende anzusehen.
»Und«, fragte Nuray, als Hatice kurz nach Mitternacht ihr gemeinsames Zimmer betrat. »Ist es den ganzen Film so weitergegangen?«
»Ja.«
»Denkst du, nur die Deutschen machen das so wie auf der Leinwand?«
Hatice verstand Nurays Befürchtungen. Niemand konnte übersehen, wie heftig sie in den Borkumer verliebt war.
»Ich denke«, sagte Hatice, »das ist überall auf der Welt gleich.«

KAPITEL 15

Salim versuchte zu verhindern, dass Salih die Schwester seiner Ehefrau heiratete.
Der schöne Geldfluss, der in wunderbarer Regelmäßigkeit von Deutschland aus an die Familie Yildirim geschickt wurde, durfte auf keinen Fall versiegen. Auf Umwegen erreichte ein Teil davon immer auch ihn.
Salim befürchtete, Hatice würde, sobald sie verheiratet war, ihre Zahlungen einstellen und nur noch ihrem Ehemann etwas zusenden. Das musste auf jeden Fall verhindert werden.
»Schau, Salih«, sagte er, »unsere Namen gleichen sich fast, deswegen gebe ich dir einen guten Rat. Halte dich fern von Hatice. Sie ist ungebildet und du bist Lehrer, du hast studiert. Was willst du mit einer Frau, die nichts gelernt hat? Du bist ein Mann von Welt und sie kommt aus einem winzigen Dorf und ist ein armes Mädchen. Sie passt einfach nicht zu dir.«
»Ich komme ebenfalls aus einem kleinen Dorf, hast du das vergessen?« Salih deutete in die ungefähre Richtung, in der sein Heimatort lag. Zwischen ihm und Osmaniye lag keine allzu große Entfernung. »Mit dem Fahrrad brauche ich vielleicht eine halbe Stunde.« Er betrachtete Salim genau. Ein Gauner, so heißt es, erkennt den anderen. Was nicht bedeuten soll, dass Hatices zukünftiger Ehemann zu diesem Zeitpunkt einer war. Ihre Vornamen glichen sich, was vermutlich auch auf die Lebenseinstellung zutraf.
Mit einem wissenden Grinsen fügte er an: »Sie ist eine junge Frau, die in Deutschland viel Geld verdient.« Ja, Salih hatte den Nagel auf den Kopf getroffen.
»Noch schlimmer«, ereiferte sich Salim. »Wer weiß, was sie dort treibt, wenn du hier bist.«
»Ich werde meine Zeit als Soldat absitzen, dann habe ich vor, mit ihr

zu gehen.«
»Pah. Als Lehrer wirst du dort keine Anstellung finden. Oder kannst du Deutsch sprechen?«
»Ich werde es lernen.«
»Du stellst dir das so einfach vor, aber es ist verdammt schwer.«
»Hatice hat es gelernt, dann werde ich das auch. Außerdem liebe ich sie und im Übrigen geht es dich überhaupt nichts an.«
»Ich verbiete es dir.«
»Du hast mir gar nichts zu verbieten.«
Salih wusste mittlerweile, dass Salims Eltern, als er Hatices Schwester Nurhayat heiratete, zweitausend Lira Brautgeld gezahlt hatten, die sein zukünftiger Schwager sich garantiert im Laufe der vergangenen Monate von den Schwiegereltern zurückgeholt hatte.

Von all dem sollte Hatice erst viel später erfahren. Per Telefon, das Lebensmittelgeschäft in Osmaniye hatte eines, wurde die Verbindung gehalten. So teilte man ihr mit, dass ihre zukünftige Schwiegermutter zur Hochzeit viele Geschenke aus Deutschland oder von Istanbul erwartete. Die Liste war lang und wurde von Anruf zu Anruf immer länger. Kleider für die Tanten, Großmütter und Cousinen, Anzüge für die Großväter und Onkel und andere arme Verwandte. Schuhe und natürlich Socken: »Du willst doch nicht, dass die Herren ohne herumlaufen.«
»Glaubt ihr, in Deutschland wächst das Geld auf den Bäumen? Was denkst du, wie viele Toiletten ich dafür putzen muss?«
»Du putzt Klos?«, schrie die Schwiegermutter und Hatice konnte sich bildlich vorstellen, wie die eine oder andere Frau, die dem Telefonat lauschte, entsetzt die Hand vor den Mund schlug.
»Mein Sohn heiratet eine Putzfrau?«
»Du weißt genau, dass ich in einem Kinderheim arbeite. Ich betreue Kinder, wasche ihre Wäsche und putze ihnen den Hintern ab, wenn es sein muss. Ich mache Betten, räume auf, mache sauber und ja, ich putze auch fremde Toiletten. Wenn ich mir für all das zu fein wäre, gäbe es auch kein Geld zu verdienen. So einfach ist das.«

»Aber Geld für ein Ehebett wirst du doch wohl haben?«
Damit war für die zukünftige Schwiegermutter das Thema erledigt.
In den ersten Tagen, nachdem Hatice wieder in der Türkei war, kaufte sie eine Matratze und einen Stahlrahmen mit Lattenrost. Das sollte vorerst als Ehebett reichen. Wenn Salih erst einmal auf Borkum war und eine Arbeit gefunden hatte, würden sie sich eine Wohnung mieten und Möbel kaufen.
Doch zuvor wollte und musste sie ein uraltes Versprechen einlösen.

KAPITEL 16

»Oh, Hatice, meine Süße. Komm herein. Ich mache uns schnell einen Tee.«
Hatice stellte ihre Schuhe ab und betrat das Haus. In der Küche stand ein großer Ofen, ein Feuerchen brannte darin. Der Abzug schien ein wenig zu lecken, denn die Wand dahinter war vor Ruß ganz geschwärzt.
»Jetzt bist du erwachsen«, rief Elmas, ihre ehemalige Amme, und bedeutete ihr, auf einem der drei Stühle Platz zu nehmen. »Du heiratest bald. Ich will dir eines verraten«, dabei trat die vollbusige, gut einen Kopf größere Frau dicht an Hatice heran und strich ihr übers Haar. »Wenn ich dir damals nicht die Brust gegeben hätte, wärst du heute bestimmt meine Schwiegertochter.«
Hatice war überrascht und setzte sich. Niemals war über so eine Verbindung gesprochen worden, und soweit sie wusste, war Elmas´ Sohn bereits verheiratet.
»Nein, wäre ich nicht«, war alles, was Hatice einfiel.
»Wieso? Jetzt, wo du so viel Geld in Deutschland verdienst, bin ich dir nicht gut genug?« Die harschen Worte wurden freundlich und gut gelaunt ausgesprochen.
Hatice lachte, stand auf, nahm sie in den Arm und drückte sie kurz an sich. »Natürlich bist du das. Aber überleg doch mal. Wenn du mir keine Brust gegeben hättest, wäre ich heute nicht mehr am Leben. Dann könnte ich auch niemals deine Schwiegertochter werden. Ich bin froh, dass du damals die Wette abgeschlossen hast und ich weiß, dass du auch ohne die Aussicht auf vier Meter Stoff mein Leben gerettet hättest.«
Es war offensichtlich, dass die Nachbarin sich darüber freute, dass Hatice von selbst die Wette angesprochen hatte. »Was hältst du davon«, fragte Hatice, »wenn wir beide nach Sinop fahren und du dir

einen schönen Stoff aussuchst.«
Die Nachbarin strich sich lächelnd über ihre ausladenden Hüften.
»Hatice, meine Liebe. Schau mich an. Viel Zeit ist vergangen und ich habe gut zugelegt. Vier Meter werden auf keinen Fall reichen. Daraus kann ich höchstens eine Bluse nähen.«
»Dann nehmen wir sechs oder sieben Meter. Lass uns morgen oder übermorgen fahren. Es wird Zeit, dass wir das erledigen, denn das Kleid, das wir daraus nähen, muss pünktlich zur Hochzeit fertig werden. Und achte auf keinen Fall auf den Preis. Egal was du dir aussuchst, ich bezahle es.«
Mit dem Bus fuhren sie nach Sinop, bummelten durch die Straßen und fanden endlich ein Geschäft, das eine gute Auswahl an Stoffen hatte. Gemeinsam suchten sie einen wunderbaren Stoff aus. Die Verkäuferin verpackte die Ware in einem Stück Papier.
»Danke, Hatice. So einen schönen Stoff hatte ich noch nie.« Das Päckchen fest an ihren Busen gedrückt, liefen ihr vor Freude Tränen über die Wangen, die sie schnell mit dem Ärmel abwischte.
»Kind, ich danke dir.«
»Nein, ich bedanke mich bei dir. Nur durch dich bin ich groß und stark geworden.« Dabei klopfte Hatice sich auf die schmalen Hüften und beide lachten herzlich.
»Groß ist etwas anderes«, schmunzelte die Nachbarin und schaute auf Hatice herab. »Aber ich weiß, dass du stark bist und das in Zukunft auch sein musst.«

Die alte Amme würde die einzige mit einem neuen Kleid sein, das war Hatice klar. Die übrigen Hochzeitsgäste kamen sicherlich in den besten Kleidern, die sie im Schrank hatten. Hatice hatte für niemanden Extrageld für die von der Schwiegermutter geforderten Sachen geschickt. Wo sollte es auch herkommen. Hatice hatte für das, war ihr wichtig erschien, bereits ihre Ersparnisse bis auf die letzte Mark ausgegeben.
Sogar fürs eigene Hochzeitskleid blieb kein Pfennig übrig. Aber das machte ihr nichts aus. Sie lieh sich eines von einer ihrer vielen

Cousinen, wie es im Dorf üblich war. Nur Salih bekam einen neuen Anzug.

KAPITEL 17

»Allahin emriyle Peygamberin kavliyle kizinizi oglumuza istiyoruz«
»Mit Erlaubnis Gottes und mit Einwilligung des Propheten bitte ich im Namen meines Sohnes um die Hand deiner Tochter.«
Der Spruch musste vor allem Fatma, Hatices zukünftiger Schwiegermutter, schwer über die Lippen gekommen sein, doch was sollte sie tun? Tradition war nun mal Tradition. Der Bewilligungsbesuch der Eltern des Bräutigams, die den Heiratswunsch ihres Sohnes den Eltern der Braut gegenüber äußern müssen, konnte sie schwerlich umgehen, wollte sie nicht ihr Gesicht verlieren.
Zum ersten Besuch der Eheleute Günay beim Ehepaar Yildirim brachten sie Süßigkeiten und Blumen mit. Das Silbertablett ließ Frau Günay zu Hause im Schrank stehen, obwohl ihr Mann sie darauf aufmerksam gemacht hatte. »Finde dich damit ab, dass Salih Hatice heiraten wird. Wenn du dich weiter so quer stellst, verlieren wir wohlmöglich unseren Sohn.«
»Das wird er nicht wagen.« Fatma Günay war sich der Treue ihres Sohnes sehr sicher.
Schon beim Abstreifen der Schuhe vor dem winzigen ärmlichen Haus, der Neubau der Yildirims war noch lange nicht fertig, zeigte sich auf ihrem Gesicht die ganze Abneigung gegen diese Verbindung.
Die Eltern des Brautpaares setzten sich zu Salih und Hatice auf den Boden. Lütfiye servierte Tee und sie alle aßen von den mitgebrachten Süßigkeiten. Hatice bemerkte sehr wohl, dass von einer weiteren Tradition Abstand genommen wurde. Salih musste als Bräutigam nicht leiden, indem in seinem Tee weder Salz, noch Pfeffer mit Zitrone geschüttet wurde. Der Bräutigam trinkt diese Brühe sonst ohne mit der Wimper zu zucken aus, um damit zu beweisen, dass er für seine Braut alles tut. Damit sich die Familien näher kennenlernen können, trifft man sich normalerweise noch einige Male, doch in

diesem Falle mahnte Salih zur Eile. Er musste zum Militär. Also verkürzte Hasan Günay, Hatices zukünftiger Schwiegervater, die offizielle Vorgehensweise, indem er sagte: »Wenn unsere Kinder es so wollen, wollen wir ihrem Glück nicht im Wege stehen.«

Salih versprach, Hatice als Frau fürs Leben zu nehmen, wobei er die verkniffenen Lippen seiner Mutter ignorierte. Hatice hätte es gerne gehabt, wenn die Verlobungsringe, die sie vorher ausgesucht haben mussten, auf einem mit Blumen geschmückten Teller mit einer Seidenschnur zusammengebunden liegen würden, doch Ringe besaßen sie noch keine. So musste auch ein älterer Onkel, der die Seidenschnur normalerweise durchschneiden würde, um das Versprechen zu besiegeln, keine Schere zur Hand nehmen.

Weder Hasan noch Ismail hatte einem ihrer Brüder Bescheid gegeben, diese Aufgabe zu übernehmen.

»Genug der Traditionen.« Fatma Günay klatschte in die Hände. »Eine Verlobungsfeier wird es ja wohl nicht geben.«

Kein Verlobungskleid für die Braut, das extra dafür gekauft oder genäht wurde und auch keine Feier mit Freunden und Verwandten, aber das war Hatice egal. Hauptsache, sie heiratete den Mann, den sie wollte und niemanden, den die Eltern für sie ausgesucht hatten.

Bei einer türkischen Hochzeit war und ist es Sitte, dass die Eltern des Bräutigams die Kosten für die Hochzeitsfeier übernehmen, die Eltern der Braut hingegen die für den Henna-Abend.

Salihs Eltern gaben vor, kein Geld zu haben. Wie alle anderen Kosten blieben diese an Hatice hängen.

Die Deutschen feiern Junggesellenabschied, die Türken haben dagegen den Henna-Abend. Da treffen sich die Braut, die weiblichen Verwandten und die Freundinnen, um die Handflächen und die Finger der Braut mit Henna zu färben. Es war die letzte Nacht, die Hatice nur unter Frauen als Jungfrau verbrachte.

Statt in einem Saal in Sinop zu feiern, stellte eine Nachbarin ihr Haus zur Verfügung. Hatices Schwester Habibe bat darum, ihr während des Abends die Haare richten zu dürfen, sie tranken Tee, aßen Süßes, schwatzten, lachten und hatten Spaß.

Lütfiye Yildirim hatte für ihre Tochter grünes Hennapulver mit Wasser vermischt und zu einer dickflüssigen fast festen Masse verarbeitet. Im Islam glaubt man, dass Henna im Paradies wächst und aus diesem Grund Glück bringt. Deswegen wird die Haut der Braut damit bemalt. Freundinnen und Cousinen machten sich ans Werk. Nach ein paar Stunden würde es wieder abgewaschen werden.
Hatice trug ein hübsches Kleid mit Blumenmotiven, das sie sich vor zwei Jahren auf Borkum gekauft hatte. Das traditionelle rote Kopftuch mit Pailletten daran steuerte eine Cousine bei.
Nur gut, dass Salihs Mutter sich weigerte, am Henna-Abend teilzunehmen. Bestimmt wäre ihr das fröhliche Lachen der Braut zuwider gewesen. Hatice hörte sie im Geiste sagen: »Zieh das rote Tuch tiefer, damit man dein Gesicht nicht sieht. Nicht weil du weinst, wie es sich gehört, sondern weil du lachst. Lachen zeugt davon, dass du froh bist, dein Elternhaus verlassen zu dürfen.« Doch Fatma Günay war nicht da, deswegen sangen die Frauen auch neben alten traurigen Volksliedern ein paar lustige Weisen.
Hatice hatte einen Verdacht, warum Salihs Mutter dem fröhlichen Treiben fern blieb. Beim Schmücken der Hände mit Henna hält die Braut ihre Hände geschlossen, denn sie erwartet ein Goldstück von der zukünftigen Schwiegermutter. Das gehört sich so. Erst danach öffnet die Braut ihre Hände. Auch ohne Goldstück feierten sie bis in die Nacht hinein, dann führten sie Hatice zurück ins Elternhaus, wo sie mit den Händen eine Faust bildete, die ihr dann umbunden wurde. So gefesselt ging sie schlafen, bis am kommenden Morgen die Stricke gelöst wurden. Eine alte Tradition, die teilweise nur noch in einigen Dörfern gepflegt wird.

Am Tag nach dem Henna-Abend fährt ein Hochzeitszug zum Haus der Braut, um sie abzuholen. Am Korso nehmen traditionell Freunde, Bekannte und Verwandte von Seiten des Bräutigams teil. Der Brautwagen wird festlich mit Blumen und weißen Bändern geschmückt und an den anderen Autos werden farbige Tücher aufgehängt. Die weißen Bänder sollen dem Brautpaar Glück bringen

und die farbigen Tücher alle fröhlich stimmen.
Es ist bis heute üblich, den Autokorso auf dem Weg zum Haus der Braut anzuhalten und den Weg zu versperren. Erst wenn der Fahrer eine Art Wegzoll bezahlt hat, wird der Weg freigegeben. Sobald der Hochzeitszug vor dem Haus der Braut angekommen ist, verlangt die Familie des Bräutigams von der Braut Geld für das Öffnen der Haustür.
Die verschlossene Tür darf erst nach der Zahlung von wenigstens fünfzig Lira geöffnet werden.
Hatice öffnete also die Haustür. Davor standen die zukünftigen Schwiegereltern. Man darf raten, wer das Geld entgegennahm.
Hatices Familie schob sich auf den Hof. Ismail Yildirim nickte seiner Tochter zu, lächelte und band ihr eine rote Schleife um die Taille. An diesem Band hing ein kleiner Goldtaler, der das letzte »Taschengeld« vom Brautvater an seine Tochter symbolisieren sollte. Die rote Schleife symbolisierte auch, dass die Braut als Jungfrau das Elternhaus verließ.
»Wer wird uns jetzt den Tee kochen«, klagte Lütfiye, wie es von der Brautmutter erwartet wurde. »Meine liebste Tochter, du wirst mir im Hause sehr fehlen.«
»Als ob sie nicht schon lange fort wäre«, raunte jemand.
Einer der Nachbarn machte ein wenig Musik, dann sollte es zum Amt des Bürgermeisters für die standesamtliche Trauung gehen, ehe der Korso weiterzog ins Haus der Familie des Bräutigams.
Und wo, bitte schön, war der Autokorso? Für Hatice und Salih gab es nur einen LKW mit einer kleinen Ladefläche.
»Wo sind die anderen Autos?«, fragte Hatice und bekam nur ein Schulterzucken zur Antwort.
Salih schob sich an seinen Eltern vorbei, ergriff Hatices Hand und so bestiegen die beiden das Führerhaus des LKW, der Rest der Gäste stieg auf die Ladefläche. Sie fuhren zu Salihs Elternhaus im einige Kilometer entfernten Nachbardorf.
Dort wurde ein wenig gegessen und getrunken. Keinen Alkohol, der war verpönt. Es wurde auch getanzt. Gegen Abend wurde es Zeit für

das Brautpaar, die neue Wohnung, in diesem Fall das Schlafzimmer, zu betreten. Wie es der Brauch verlangte, lag dort ein Koran, ein Spiegel, eine Kerze und etwas Zucker. Dafür hatten sicherlich die Cousinen gesorgt. Der Koran soll den Glauben des Hauses symbolisieren, der Spiegel soll Erleichterung bringen, die Kerze bedeutet Licht und der Zucker steht für die Süße des Lebens.
Es folgte die Nacht, in der die Ehe im nagelneuen Bett vollzogen werden sollte.

Doch damit war noch nicht Schluss mit den Hochzeitsfeierlichkeiten. Am Ende kam die Prüfung, ob die Braut auch wirklich Jungfrau gewesen war.
Am kommenden Morgen klopfte eine von Hatices Tanten an die Schlafzimmertür und verlangte das Bettlaken, das es beweisen sollte. Die Tante plante, es in der Wohnküche der versammelten Familie zu zeigen.
Diesen Teil der Zeremonie fand Hatice schon immer entwürdigend.
»Das mache ich selbst«, forderte Hatice. Sie wollte unbedingt die Gesichter, vor allem das ihrer Schwiegermutter, sehen.
Sie scheuchte Salih aus dem Bett, zog mit einem Ruck das Laken von der Matratze und eilte, nur mit einem Nachthemd bekleidet, in die Wohnküche. Da hockten sie alle, mehr oder weniger verlegen oder neugierig. Die Schwiegermutter schlug entsetzt eine Hand vor den Mund, als sie Hatice sah.
Sie hatte Mühe, das Bettlaken zwischen den ausgestreckten Armen ganz auseinanderzubreiten und präsentierte es mit erhobenem Kinn und herausforderndem Blick auf die Schwiegermama der Familie.
Alle wirkten zufrieden und so wurde aus Hatice Yildirim Frau Hatice Günay.
Danach war es an der Zeit, die Aussteuer der Braut zu präsentieren. Eine verzwickte Situation, über deren Lösung Hatice lange nachgedacht hatte. Denn eine Aussteuer besaß sie nicht. Sie hatte weder Zeit noch Lust gehabt, um Laken, Handtücher und vieles mehr zu kaufen und hierherzuschleppen, geschweige denn, die

Haushaltstextilien zu nähen und zu besticken.
Doch sie war einfallsreich. Hatice präsentierte einen Querschnitt der Aussteuerstücke von lieben Freundinnen und Cousinen.
»Oh, was ist sie fleißig gewesen«, pries die Verwandtschaft und zeigte sich abermals zufrieden.

Vier Tage nach der Hochzeit bekam Schwager Salim, der, der damals mit Hatice eine Scheinehe eingehen wollte, Besuch. Da dieser weder in dem winzigen Zimmer, das er und Nurhayat bewohnten, noch im Haus der Familie Yildirim Platz fand, sollte der Besuch im Haus der Familie Günay schlafen. Gastfreundschaft wird in diesem Teil der Türkei sehr groß geschrieben, deswegen zeigte auch Fatma sich damit einverstanden.
»Unser Bett kann ich ihm schlecht anbieten«, erklärte sie in einem Tonfall, der keinen Widerspruch zuließ. »Er wird in eurem Bett schlafen müssen.«
Weder Salih noch Hatice erhoben Einwände. Sie gaben ihr funkelnagelneues Ehebett her und schliefen in der Küche auf dem Fußboden.
»Hatice«, rief die Schwiegermutter, als der Fremde endlich eintraf. »Los, schnell. Raus aus der Küche!«
Ihrer Schwiegermutter schien es offenbar peinlich zu sein, dass die frischgebackene Schwiegertochter kein Kopftuch trug.
Der Gast blieb jedoch keine Nacht und die Schwiegereltern sahen es als ihr Recht an, statt seiner das neue Bett für sich in Anspruch zu nehmen.

Bald darauf reiste Hatice allein zurück nach Borkum und Salih ging zum Militär. Auch als verheiratete Frau wohnte sie weiterhin im Möwennest und arbeitete bei Frau Scheu. Um mit der Inselbevölkerung mehr in Kontakt zu kommen, trat sie dem Hausfrauenbund bei. Die meisten der Frauen waren älter, einige jedoch in Hatices Alter. Sie schloss weitere Freundschaften, die teilweise bis zum heutigen Tage bestehen.

In den Jahren 1974 bis 75 blieb Salih achtzehn Monate lang auf Zypern stationiert. In dieser Zeit schickte Hatice ihm jeden Monat zweihundert Deutsche Mark. Ihrer Mutter sandte sie weiterhin regelmäßig Geld, allerdings nur noch monatlich einhundert Mark. In Lira umgewandelt immer noch ein kleines Vermögen, weit mehr, als ihr Vater im Jahr verdiente.

Gott sei Dank war Hatice in der Hochzeitsnacht nicht schwanger geworden.

Die folgenden eineinhalb Jahre, die ihr Ehemann auf Zypern stationiert war, wären recht schwer für sie geworden. In diesen Monaten der Trennung haben sie sich viel geschrieben. Telefonieren konnten sie nicht, eine Verbindung nach Zypern in die Kaserne herzustellen war unmöglich.

Auch mit den Gesprächen nach Osmaniye blieb es weiterhin schwierig. Zuerst musste von Borkum aus eine Verbindung zur Post in Frankfurt hergestellt werden. Die leitete den Anruf weiter nach Sinop zu einer Tante, die dorthin gezogen war und als Erste aus der Familie ein eigenes Telefon besaß. Hatice machte vorab mit ihrer Mutter einen Tag fest, an dem sie anrief. Dann fuhr Lütfiye Yildirim mit dem Bus nach Sinop, um in der Wohnung ihrer Schwester auf das Gespräch zu warten. Es kam vor, dass es drei Stunden dauerte, bis eine Verbindung hergestellt war.

1975, als die Militärzeit für Salih zu Ende war, nahm Hatice erneut Urlaub und reiste nach Sinop, um ihren Ehemann abzuholen.

KAPITEL 18

Salih Günay war sich darüber im Klaren, dass er auf gar keinen Fall als Lehrer in Deutschland arbeiten konnte. Zum einen beherrschte er die Sprache nicht, zum anderen waren die Bedingungen, ein Lehramt zu bekommen, in Deutschland ganz anders als in der Türkei. Doch Salih war sich zu keiner Arbeit zu schade und so konnte er schnell vermittelt werden.
Das Fischereifachgeschäft Byl suchte jemanden, der auf dem Kutter mit aufs Meer hinausfuhr, um zu fischen.

Das erste, was Fischer Byl zu Salih sagte, als der sich für den Job vorstellte, war: »Krabbenfischen ist eine körperliche Herausforderung.« Dabei betrachtete er seinen Bewerber, der nur nickte, weil er die meisten gesprochenen Worte nicht verstehen konnte. »Wind, Wellen, Regen, Kälte und Hitze dürfen Ihnen nichts ausmachen, sonst sind Sie falsch in diesem Beruf.«
»Evet, evet, tabbi-tabbi«, nickte Salih. »Ja, ja. Alles Okay.«
Auch Sinop hatte eine große Fischerei, daher glaubte er zu wissen, wovon Herr Byl redete. Die Kleinstadt am Schwarzen Meer besaß eine größere Fischereiflotte als die Insel und Greetsiel, bekannt für seine vielen Krabbenfischer, zusammen. Bei Salih entstand gar nicht erst das romantische Bild vom Beruf des Fischers. Das sahen nur Touristen, wenn sie im Sommer die Häfen an der Küste und auf den Inseln besuchten. Idyllisch ist der Beruf des Krabbenfischers auf keinen Fall. Im Gegenteil. Wie Herr Byl bereits ankündigte, war und ist es ein Knochenjob. Der Arbeitstag beginnt früh am Morgen oder auch schon in der Nacht. Egal, wie das Wetter ist. Ob es regnet, stürmt oder klirrende Kälte herrscht, gefischt wird bei jeder Witterung und auch bei fast jedem Wellengang. Nur wenn heftige Stürme gemeldet sind, bleiben die Kutter im sicheren Hafen liegen.

Für die Firma Byl jedenfalls, und ab sofort auch für Salih Günay, begannen die Tage meistens früh. Normalerweise ist die Fischkuttercrew auf die Tide angewiesen. Die Fischer vom nahegelegenen Greetsiel beispielsweise fahren erst bei Hochwasser hinaus in die Fanggebiete. Der Borkumer Hafen jedoch hat den Vorteil, dass er sowohl bei Flut wie auch bei Ebbe angefahren werden kann. Doch bevor sie in See stechen, werden die Krabbenschleppnetze und das übrige Fanggeschirr fertig gemacht. Neben dem Granat fing die Firma Byl auch Schollen, Seezungen, Makrelen und was sonst die Nordsee noch alles an Fischschätzen hergab.
Rund um die Insel und auch weit hinaus auf die Nordsee ging es. Waren die Netze voll, begann die eigentliche Arbeit an Bord. Die Netze mussten eingeholt werden, der Fang sortiert. Die Krabben kamen sofort in einen Kessel mit kochendem Wasser, wurden abgebrüht und anschließend in Plastikkisten umgefüllt. Die Zeit, wie lange die Tierleiber im kochenden Wasser bleiben mussten, hatte Salih schnell herausgefunden. Blieben sie zu lange darin, wurde ihr Panzer weich und die Krabben ließen sich schwer pulen. Die Kunden beschwerten sich und Frau Byl, sowie einige Borkumer Hausfrauen, die sich mit dem Pulen ein wenig Geld verdienten, brauchten dann die doppelte Zeit, um die Tierchen aus der Schale zu bekommen.
Kleinere Fische, die sich im Krabbennetz verfingen, gingen wieder über Bord, größerer Beifang war stets willkommen und wurde in entsprechende Kisten sortiert.
Zurück im Borkumer Hafen wurde der Fang gelöscht, also der Kutter entladen. Doch damit war der Arbeitstag für Salih und seine Kollegen noch lange nicht vorbei. Neben dem Schiff brauchten die Netze und die Maschine Pflege und Wartung. War die Krabbensaison vorbei, wurde anderes gefischt.
»Weißt du, Hatice«, sagte Salih einmal, »zimperlich darf man als Fischer nicht sein.« Man konnte ihm ansehen, dass ihm die Arbeit trotz rissiger und in der ersten Zeit geschundener Hände gefiel. Er zeigte Hatice, wie man einen Fisch ausnahm. Die Schnelligkeit, mit der er das Messer beherrschte, war für einen Lehrer, der in den

vergangenen Jahren wenig mit den Händen gearbeitet hatte, schon ganz passabel.

»Herr Byl ist mit mir zufrieden«, verkündete er. »Morgen fahren wir mit der Dämmerung hinaus. Wir gehen auf Seezunge. Weißt du, für die brauchen wir andere Netze als für Schollen.«

Was Salih ebenfalls gut gefiel, war das Teetrinken. Wie daheim in der Türkei trinken die Ostfriesen zu jeder Tages- und Nachtzeit schwarzen Tee. Die Angewohnheit der Borkumer, diesen mit Kluntjes und Sahne, statt pur zu genießen, nahm Salih gerne an.

»Wir trinken Tee, wenn die Netze ausliegen und wir warten müssen, bis wir sie wieder an Bord bringen.«

»Und warum fahrt ihr meistens schon in der Nacht hinaus?«

»Auch Fische haben Augen. Tagsüber können sie die Netze sehen.«

»Du verkohlst mich«, lachte Hatice, war sich jedoch unsicher, ob es nicht doch der Wahrheit entsprach.

»Und woher weiß der Herr Byl, wo es Fische gibt? Wo es sich lohnt, die Netze auszulegen?«

»Ich denke, er kennt die Fanggebiete genau, er lebt ja schließlich schon lange hier.«

»Bist du denn seefest?«

»Du meinst, ob ich seekrank werde? Nein, ich glaube nicht.«

»Und was macht ihr, wenn mal kein Fisch in die Netze geht?«

»Dann verdienen wir auch kein Geld.«

Klar, die Antwort klang logisch.

Salih war seefest, er liebte seinen Job, auch wenn sie oft zwölf Stunden und mehr unterwegs waren. Herr Byl, ja die gesamte Familie zeigte sich großzügig. Wer gut arbeitet, soll auch gutes Geld verdienen.

Den Günays ging es gut.

Hatice arbeitete weiter im Möwennest, später im Kinderheim St. Maria. Sie machte den Haushalt und putzte gelegentlich einige Ferienwohnungen. Dass sie nähen konnte, hatte sich bald herumgesprochen und so erledigte sie ab und an für Freunde und Bekannte kleinere Reparaturarbeiten an Kleidern und Röcken oder

Kürzungen von Hosen.

Auch eine Wohnung fanden die Eheleute Günay in einem der Wohnblocks in der »Olde Melkstee«, was auf hochdeutsch »Alte Melkstelle« heißt.
Im Herbst oder Winter, wenn die Sommersaison vorbei war, reisten sie zurück ans Schwarze Meer.
Hatice schickte weiter jeden Monat Geld an die Eltern, die damit den Hausbau vollenden und sogar einen richtigen gemauerten Kuhstall bauen konnten. Um niemanden aus der Verwandtschaft zu verärgern, wohnten sie mal bei Hatices Eltern und mal bei den Schwiegereltern, die ebenfalls eine regelmäßige Unterstützung erhielten. Dennoch blieb das Verhältnis zwischen Hatice und ihrer Schwiegermutter schwierig.
Einmal ging es im ganzen Urlaub lang nur um Gaslampen. Im Hause der Schwiegermutter, sie gehörten zu den besserverdienenden Leuten in der Gegend, was sie nicht davon abhielt, die Zahlungen ihres Sohnes gerne anzunehmen, gab es Gaslampen mit einem Glas darum. In anderen Haushalten fehlte dieses.
Die Gläser hatten den Vorteil, dass das Licht selten flackerte und nicht durch einen Luftzug ausgeblasen werden konnte. Aber es gab auch einen Nachteil. Die Gläser verrußten und mussten ständig gesäubert werden.
Dazu verwendeten man Asche. Sie wurde mit der Hand in den Innenraum des Glases geschmiert und dann mit einem Tuch abgerieben. Es kam, wie es kommen musste, wenn man bemüht war, es der Schwiegermutter, die andauernd etwas zu bemängeln hatte, recht zu machen. Hatices Hände waren klein, aber dennoch in dieser Situation sehr ungeschickt. So zerbrachen ihr gleich zwei Gläser an einem Tag und am Ende der Woche waren gar fünf kaputt.
»Deine Frau ist zu nichts zu gebrauchen«, schimpfte sie, ohne sich darum zu scheren, ob Hatice alles mit anhörte. Salih zuckte nur mit den Schultern, fasste Hatice an der Hand und fuhr mit ihr mit dem Bus nach Sinop, um dort neue Lampengläser zu kaufen.

Es wurde bereits dunkel und Hatice wollte die Gaslampe anzünden. Sie hielt ein Streichholz in der Hand, um es an der Schachtel anzureißen. Da stürzte ihre Schwiegermutter mit entsetztem Gesichtsausdruck auf sie zu und nahm ihr das Hölzchen aus der Hand. Mit dem Zeigefinger deutete sie energisch auf den Küchenherd.
»Wir verschwenden nichts«, ihre Stimme klang ungnädig, als wolle sie sagen: Anders, als ein paar Neureiche in der Familie.
»Wenn Glut im Herd ist, nehmen wir die.«
Und als ob Hatice zu dumm dazu wäre und nicht wüsste, was sie meinte, deutete sie mit dem Streichholz Richtung Ofen, steckte es zurück in die Schachtel und entnahm ihr eines, das schon mal entzündet war. Sie zupfte Hatice am Ärmel, um weiter ihre Aufmerksamkeit auf das Hölzchen zu lenken, öffnete die Herdklappe, hielt es mit ausgestrecktem Arm hinein und entflammte es an der Glut. Danach machte sie damit das Gaslicht an und schloss die Ofenklappe. Schnell blies sie das Streichholz aus und steckte den Rest zurück in die Schachtel.
Vermutlich würde sie sich beim nächsten Mal an dem winzigen Stück die Finger verbrennen.
»Wenn es keine Glut gibt«, belehrte sie Hatice, »dann kannst du ein neues anreißen.«
»Wenn du möchtest, kann ich dir haufenweise Streichhölzer kaufen«, sagte Hatice, wohl wissend, dass sie damit ihre Lage nicht verbesserte. Doch den Gedanken an ein friedliches Miteinander hatte sie schon längst aufgegeben. Der Frau machte es niemand recht.
»Das kannst du gerne machen«, schimpfte sie, »du scheinst ja vieles zu verschwenden.«
Eine indirekte Andeutung darauf, weil Hatice erst gestern wieder ein Lampenglas zerbrochen hatte.
Salih betrat die Küche. Vorwurfsvoll sagte sie: »Deine Frau hat zwei linke Hände, wie soll das werden, wenn ihr erst einmal Kinder habt?«
Obwohl sie Hatice nichts zutraute, vertrauten sie ihr doch ein paar Tage später die Betreuung eines Kleinkindes an. »Du wirst auf das

Baby aufpassen, während dein Mann und seine Familie auf dem Sonnenblumen- und im Maisfeld arbeiten.«
»Wem gehört das Baby?«, fragte Hatice, die Betonung von: Dein Mann und seine Familie, überhörend.
»Das ist doch unwichtig. Pass darauf auf. Ich hoffe, du kannst das.«
Sicherlich kassierte ihre Schwiegermutter Geld fürs Aufpassen. Doch die Vermutung behielt Hatice für sich.
»Und denk daran, uns etwas Schönes zu kochen. Wenn wir wiederkommen, wollen wir etwas essen. Blamier uns nicht.«
»Kommen denn mehr Leute zum Essen?«
»Die Familie eben. Wir sind sieben.« Sie ließ Hatice stehen, wandte sich jedoch noch einmal um. »Wenn du auch essen willst, natürlich einen Teller mehr.«
Hatice achtete auf das Kleine, werkelte im Garten, kümmerte sich um das Federvieh und sammelte Eier ein. Sie holte die Kühe von der Weide in den Stall und schaute nach den Walnuss- und Obstbäumen, ob man schon Früchte ernten konnte. Gegen Abend dann kochte sie eine Maissuppe. Dazu sollte es selbst gemachtes Brot, von der Schwiegermutter gebacken, geben. Dem Kind schmeckte die Suppe, und als endlich die sieben Personen am Abend kamen, sich auf den Fußboden setzten und auf ihr Essen warteten, servierte sie die Suppe. Wie damals, als sie die Milchsuppe für die Schule kochen musste, hatte sie auch dieses Mal nicht abgeschmeckt. Dem Baby hatte es geschmeckt, dennoch war das Essen vollkommen versalzen.
Schwiegermutter sprang auf, um selbst gemachte Butter, Joghurt, Käse und hausgemachte eingelegte Gurken aus dem Holzfass auf den niedrigen Tisch zu bringen. Dann stellte sie sich an den Herd und briet Spiegeleier.
»Ab mit dir in den Stall. Geh die Kühe melken.«
Das konnte Hatice schon als Kind nicht. Damals, weil sie zu wenig Kraft in den Fingern hatte, später dann musste sie es nie mehr tun, weil ihre Geschwister es besser machten. Sie war unfähig, auch nur einen Tropfen Milch aus dem Euter herauszupressen.
Es dauerte nur wenige Minuten, da stand die Schwiegermutter hinter

ihr. »Was kannst du eigentlich?«, keifte sie, als sie den leeren Eimer sah.
Ungnädig zog sie an Hatices Ärmel, damit sie den Platz auf dem Melkschemel räumte. »Geh in die Küche und back Fladenbrot«, befahl sie und hockte sich selbst unter die Kuh.
Fladenbrot, das konnte Hatice ganz gut. Zurück in der Küche rührte sie Mehl, Eier und Wasser zu einem schönen Teig zusammen. Fladenbrot muss immer ganz dünn gebacken werden. Als Hatice alles vorbereitet hatte, ging sie hinaus auf den Hof. Dort stand der Backofen, den Salih bereits angeheizt hatte.
Es kam, was kommen musste. Die Brote wurden schief und krumm. Stellenweise dünn, dann wieder dick. Kein schöner Anblick und vor lauter Aufregung, Wut und Kummer darüber, dass ihr Ehemann kein Wort der Verteidigung vorbrachte, waren die Brote auch noch unterschiedlich durchgebacken. Nur gut, dass die Gäste bereits gegangen waren.

Eines Tages verkündete Schwiegermutter im Brustton der Überzeugung: »Frauen dürfen kein Auto fahren.«
»Warum denn?«
»Das ist unschicklich. Eine anständige Frau tut so etwas nicht.«
»Ich werde eines Tages einen Führerschein machen«, versicherte Hatice und das nicht nur, um die Schwiegermutter zu verärgern. Sie hatte sich fest vorgenommen, eines Tages ein Auto zu kaufen und dieses auch selbst zu fahren.
»Aber mein Sohn, dein Ehemann, wird es dir verbieten.« Schwiegermutter sagte dies im Brustton der Überzeugung und schaute ihren Sohn böse an. »Niemals wirst du allein ein Auto steuern.«
»Er wird es erlauben«, versicherte ihr Hatice und ahnte nicht, dass Schwiegermutter recht behalten würde.

Die ständigen Vorwürfe und das andauernde Missfallen gegenüber der Schwiegertochter wurde ein klein bisschen weniger, als Hatice und Salih endlich verkünden konnten, dass Hatice schwanger war.

Serdar wurde 1977 auf Borkum geboren. Er hat blaue Augen, die er von seiner Großmutter vererbt bekommen hat.
Damals lag die Borkumerin Elfriede van Raden, die fast zur gleichen Zeit ihr Kind bekam, zusammen mit ihr in einem Krankenhauszimmer. Die beiden Frauen waren sich auf Anhieb sympathisch und wurden Freundinnen.
Elfriedes Hose war kaputt und musste genäht werden. »Lass mich das machen, ich bin Schneidermeisterin«, sagte Hatice und nahm ihr die Hose ab. Flink wurde der Schaden behoben.
»Wenn du Schneiderin bist, dann mach dich doch selbstständig. So etwas fehlt hier auf der Insel.«
»Ich weiß nicht? Meinst du?«
»Ganz bestimmt. Allein in meinem Freundeskreis gibt es viele Frauen, die nicht einmal einen Knopf annähen können. Ich bin fest davon überzeugt, dass du damit Erfolg haben wirst.«

KAPITEL 19

»Eine eigene Schneiderei?«, fragte Salih. »Ein guter Gedanke. Das machen wir gemeinsam.«
»Und deine Arbeit bei Byl?«
»Die gebe ich auf. Als Frau darfst du unmöglich alleine einen Laden aufmachen.«
»Aber du kannst doch gar nicht nähen. Und was, wenn niemand etwas geändert haben will? Dann haben wir beide keine Arbeit.«
Es brauchte noch viel Zeit, Energie und Überredungskunst, bis Salih endlich einsah, dass es am besten war, wenn er weiter auf dem Fischkutter fuhr, was ihm ja große Freude bereitete, und sie die Schneiderei betrieb.
Hatice pachtete Räumlichkeiten in der Wilhelm-Bakker-Straße. Eine gute Gegend, schön zentral gelegen. Sie erledigte bei der Stadtverwaltung Borkum die Gewerbeanmeldung und sorgte für den Eintrag bei der Handwerkskammer. Jetzt konnte es losgehen. Helga Byl, Salihs Chefin, borgte ihr eine Nähmaschine und Hatice kaufte ein Bügeleisen und ein Bügelbrett. Garn und Stecknadeln hatte sie genug, wie jede Hausfrau. Sollten die ersten Aufträge kommen, war immer noch Zeit, sich das farblich passende Nähgarn im wenige Schritte entfernten Kurzwarenladen von C.H. Meyer zu kaufen.
Von Anfang an lief das Geschäft gut. Schon bald konnte Hatice sich eine eigene gewerbliche Nähmaschine anschaffen und Frau Byl die geborgte Maschine zurückbringen.
Ihr Schwager, einer von Salihs fünf Brüdern, war in der Türkei ebenfalls Schneidermeister. Er hatte damals neun Angestellte, eine Ehefrau und acht Kinder sowie diverse Geliebte. Er konnte mit Geld und Frauen nicht umgehen, ging mit Pauken und Trompeten Pleite und fand weder in Sinop noch in der Umgebung eine Anstellung. Warum - das würde Hatice bald erfahren. Jedenfalls vorab schon mal

keine gute Voraussetzung, um unter seiner Schwägerin zu arbeiten. Dennoch bestand Salih darauf, ihn nach Borkum zu holen.
»Er ist mein Bruder, ich muss ihm helfen. Und wie sonst, das sage mir, soll er seine Frau und die Kinder ernähren?«
Er sollte also in Hatices Betrieb mitarbeiten, um Geld zu verdienen. Drei Monate hatte er es ausgehalten. Eines Tages verkündete er: »Hier ist es wie in einem offenen Knast.« Er redete sich damit heraus, er hätte einen Inselkoller, könne weiter unmöglich auf einem so beengten Raum leben. In Wahrheit jedoch kam er mit Hatices Arbeitszeiten nicht zurecht.
»Wenn ich zu Hause in der Türkei von morgens acht Uhr bis mittags dreizehn Uhr und nachmittags von vierzehn bis achtzehn Uhr arbeite, bin ich ruckzuck Millionär.« Ein fauler Sack war er. Nur essen, spazieren gehen, schlafen und gelegentlich auf den kleinen Serdar aufpassen war alles, was er tat. Endlich hatte auch Salih ein Einsehen und sie schickten ihn zurück in die Türkei.
Die Arbeit wurde immer mehr, Hatice verbrachte viel Zeit im Geschäft. Um Serdar kümmerte sich mittlerweile ein Kindermädchen.
Dass der Laden lief, fiel auch dem Vermieter auf. Hatice hatte mit ihm eine monatliche Miete von tausend Deutsche Mark vereinbart. Das war verdammt viel Geld, aber anscheinend für ihn nicht genug.
Ständig kam er am Laden vorbei und sah, dass gut zu tun war.
Er betrat den Laden und wartete, bis kein Kunde mehr da war.
»Frau Günay, wie ich sehe, läuft ihr Geschäft gut.« Er redete etwas um den heißen Brei herum, was herauskam, war: Er wollte mehr Geld.
»Wir haben einen Mietvertrag.« Hatice weigerte sich, mehr zu zahlen. Zwei Tage später stellte er den Strom ab. Anderen gegenüber behauptete er, Hatice habe keine Miete gezahlt, doch viele wussten es besser. Auf Borkum kannte man sich und Gerüchte und Geschichten machten schnell die Runde. So erfuhr auch eine Borkumerin davon, die ein Ladenlokal in der Strandstraße besaß. Sie bot Hatice den Laden für die Hälfte der Pacht, die sie vorher bezahlt hatte, an.
In diesen Geschäftsräumen blieb sie einige Jahre, bis die Eigentümerin das Haus verkaufte.

Mittlerweile war Hatices Bestand an Maschinen gewachsen. Sie besaß neben der normalen Nähmaschine eine Maschine für Lederarbeiten, eine nur um Reißverschlüsse einzunähen, einen Bügelautomaten und eine Kettelmaschine.
Da der neue Hauseigentümer anderes mit den Schneidereiräumen vorhatte, gab Hatice eine Anzeige in der Borkumer Zeitung auf: »Suche Laden für Änderungsschneiderei« und zog kurz darauf erneut um.
In die Norderstraße 6. In der Veranda richtete sie ihr Geschäft neu ein und blieb zwei Jahre. Dann wurde auch dieses Haus verkauft und sie musste erneut Geschäftsräume suchen. Sie fand eine Bleibe in der »Alte Schulstraße«, wo sie sich seit nunmehr über dreißig Jahren wohlfühlt.

KAPITEL 20

Nuray war mittlerweile mit dem Deutschen, in den sie sich gleich zu Beginn in der neuen Heimat verliebt hatte, geheiratet. Die beiden trafen sich gelegentlich mit Hatice und Salih, um einen Abend miteinander zu verbringen. Die zwei Männer konnten sich auf Anhieb nicht leiden. Nur den Ehefrauen zuliebe nahmen sie an diesen Treffen teil, an denen sie sich unterschwellig gerne gegenseitig ihre Vorurteile unter die Nase rieben. Eines Abends eskalierte es zwischen den Männern.

»Türkische Männer sind sehr wohl für die Emanzipation«, ereiferte sich Salih.

»Ja, ja«, höhnte Nurays Mann. »Sie unterstützen die Karrieren ihrer Ehefrauen. Anders als wir deutschen Männer sind sie überhaupt nicht in ihrem Stolz verletzt, wenn sie den ganzen Tag in einer Kneipe hocken und Karten spielen, während die Frau«, er nickte zu Hatice herüber, »den lieben langen Tag in der Schneiderei sitzt, anschließend den Haushalt macht, kocht und putzt und womöglich noch einen Zweitjob als Putzfrau hat.«

»Du redest jetzt von dir, oder?«, sagte Salih, doch sein Einwand wurde laut übertönt.

»Ich weiß schon, türkische Männer sind emanzipiert, wie du sagtest. Sie haben kein Problem damit, wenn ihre Frauen den Lebensunterhalt für die Familie verdienen. Wir deutschen Männer aber«, er klopfte sich heftig auf die Brust, »heulen uns bei so etwas nicht bei irgendjemanden aus – wir machen was.«

»Das sagt genau der Richtige.«

Von diesem Tag an verabredeten sich die Frauen nur noch ohne ihre Männer.

»Wenn über die Schneiderei gesprochen wird, macht Salih ein

finsteres Gesicht«, sagte Nuray eines Tages. »Deinem Ehemann gefällt es gar nicht, dass du dein eigenes Geschäft hast.«
»Meinst du?«
»Ja. Türkische Männer wollen bewundert werden«, erklärte Nuray.
»Ich denke, das mögen alle Männer, egal wo sie herkommen.«
»Unsere aber ganz besonders. Im Stillen, das versichere ich dir, wäre dein Mann auch lieber sein eigener Chef. Es würde mich nicht wundern, wenn Salih sich eines Tages auch selbstständig machen will. Du bringst das meiste Geld nach Hause, das muss fürchterlich an seinem Ego kratzen.«
Nuray und ihre Weisheiten. »Salih ist da anders«, versicherte Hatice, auch wenn sie dafür keine Hand ins Feuer legen würde.
»Ich hoffe für dich, dass du recht behalten wirst.«
»Aber ich tue das doch nur für die Familie. Für seine ebenso, wie für meine.«
Salih sprach selten über Geld. Dennoch merkte Hatice, wie sehr es ihm gegen den Strich ging, dass sie mehr verdiente und im Betrieb ihr eigener Herr war.
»Du solltest Salih öfter sagen, wie wertvoll sein Beitrag für die Familie ist«, mahnte Nuray.
»Tust du das auch bei deinem Mann?«
In ihrer Ehe war es genau umgekehrt. Er betrieb einen eigenen Laden und Nuray ging arbeiten.
»Andauernd.« Nuray lachte und beide wussten, dass das nicht der Fall war. »Und«, fragte Nuray nach einer Weile.
»Wird er dir erlauben, auch in Zukunft ohne Kopftuch auf die Straße zu gehen?«
»Wie kommst du jetzt auf das Thema?«
Nuray zuckte mit den Schultern. »Nur so ein Gedanke.«
»Er hat mich ohne kennengelernt, warum sollte er mich zwingen wollen, eines zu tragen?«
»Weil seine Mutter eines trägt?«
Die Frage, ob Kopftuch oder nicht war in Hatices Familie nie wirklich ein Thema gewesen, das für Diskussionen oder Streit sorgte.

Hatices Mutter trägt eines, ebenso die meisten ihrer Tanten. Hatice selbst, sowie ihre Schwestern tragen keines, wie fast alle Mädchen ihrer Generation. Nur ihre Schwester Nurhayat wird vom Ehemann gezwungen eines zu tragen. Hatice erinnerte sich daran, dass in ihrer Schulzeit das Tragen eines Kopftuches während des Unterrichtes nicht gern gesehen wurde. Hatice erinnerte sich, sich einmal zu Hause bei den Schularbeiten am offenen Kerzenlicht die Haare verbrannt zu haben. Sie kam am nächsten Morgen mit einem Tuch bedeckt in die Klasse. Der Lehrer forderte sie auf, dieses abzulegen. Oh, wie haben sie alle gelacht, als sie Hatices angekohltes Haar sahen.
»Salih ist Lehrer, ein gebildeter Mann«, war alles, was Hatice im Augenblick dazu einfiel.

KAPITEL 21

Wie jedes Jahr, so reiste die kleine Familie Günay auch im Jahr 1979 in den Ferien in die Türkei. Serdar sollte wenigstens einmal im Jahr die Großeltern, mütterlich- wie väterlicherseits sehen und mit den zahlreichen Cousinen und Cousins spielen. In diesem Jahr herrschte im Hause von Hatices Schwiegereltern große Aufregung. Sie bekamen Stromanschluss.

»Schön, dass ihr mir meinen Enkel mal wieder vorbeibringt. Aber ich habe keine Zeit für euch. Kann der Kleine jetzt wenigstens türkisch sprechen?«

Hatice achtete von Anfang an darauf, dass der Junge zweisprachig groß wurde. Niemand lernt schneller und leichter eine zweite oder dritte Sprache als ein Kind. Serdars erste Worte waren jedoch international.

Mama und Papa. Dicht gefolgt von Ja und nein, sowie evet, das türkische Wort für Ja.

Was Schwiegermutter störte, war vermutlich Serdars Aussprache. Die ersten Tage in der Türkei war sein Türkisch stark deutsch eingefärbt, was dann nachließ. Umgekehrt war es genauso. Wenn sie zurück in Deutschland waren, sprach der Junge die kommenden Tage mit leicht eingefärbtem türkischen Akzent.

Hatice selbst lernte weiter fleißig Deutsch.

In ihren ersten Jahren ließ sie sich von den Arbeitskollegen täglich zehn bis fünfzehn neue Wörter beibringen und sie besuchte sogar einen Kursus. Den gab ein türkischer Arzt, der in der LVA angestellt war. Seine Klasse bestand aus sieben Frauen. Vier von ihnen waren verheiratet, drei ledig. Zu den unverheirateten gehörten Hatice, Nuray und noch eine Hatice. Der Unterricht fand jeden Samstagnachmittag in Haus Europa statt. In dem Hotel verdienten Nuray und Hatice sich etwas nebenbei, indem sie dort für zwei Mark die Stunde Wäsche

mangelten.
Dreißig Mark verlangte er für seinen Deutschkurs. Drei Monate vergingen, dann war alles ganz plötzlich vorbei. Er fing an, die Mädchen zu bedrängen. Wollte mit ihnen ausgehen, sie zu sich nach Hause einladen und begann, sie zu begrapschen. Die Mädchen bekamen Angst vor ihm und verließen den Kurs.

Serdar kam in den Kindergarten und gewann Freunde. Auch für Hatice ergaben sich neue Bekanntschaften. Sie traf sich mit den Müttern anderer Kinder. Hatice brachte den Stein ins Rollen. Sie lud mehrere Frauen zum Essen ein. Es gab türkische Spezialitäten, die sie selbst zubereitete. Daraus entstanden regelmäßige Zusammenkünfte, in denen sich die Mütter abwechselnd gegenseitig einluden.
Hatice traf sich weiter mit den Damen vom Hausfrauenbund. Sie kannte keine Berührungsängste, ging immer auf die Menschen zu. Vermutlich einer der Gründe, warum sie sich so schnell einlebte. Heimweh hatte sie nie.
Das Ehepaar Günay ging am Wochenende abends gerne aus. In die Kajüte, ins Ambassadeur, in den Seestern, Grüner Teppich und Inselkeller. Alles Lokale, in denen damals viel getanzt wurde, obwohl Salih eher zu den Tanzmuffeln gehörte. Wenn Hatice mal aufgefordert wurde, sah man ihm seine Missbilligung an. Er war schnell eifersüchtig, beruhigte sich aber ebenso schnell wieder, wenn sie ihm vorhielt: »Dann musst du eben mit mir tanzen. Oder wir gehen woanders hin.«
Einmal blieb Serdar allein zu Hause. Er war etwa fünf Jahre alt und es kam, wie es kommen musste. Mitten in der Nacht wurde er wach und suchte nach seinen Eltern. Als er sie nicht fand, kletterte er aus dem Fenster, da die Wohnungstür verschlossen war. Auf dem Bahnhof erkannte ihn eine Borkumerin. »Das ist doch der Kleine von der Schneiderin.« Sie gab den Jungen bei der Polizei ab. Die wiederum brachten ihn ins Krankenhaus.
Als Hatice und Salih nach Hause kamen, hing ein Zettel an ihrer Tür. »Ihr Kind ist im Krankenhaus.«

»Warum haben sie dich hierhergebracht«, fragte sie später ihren Sohn.
»Weil ich gesagt habe, ich habe Windpocken.«
Seitdem hatte Serdar immer einen Babysitter, oder Hatice und Salih sind abwechselnd ausgegangen. Ein Umstand, der daheim in der Türkei praktisch unmöglich war.
Die Eheleute Günay gingen ihrer Arbeit nach, lernten mit jedem Tag mehr Deutsch und waren schon bald aus der Inselbevölkerung nicht mehr wegzudenken. Wenigstens einmal im Jahr verbrachten sie den Urlaub in der Türkei.

Es muss im Frühjahr 1983 gewesen sein. »Erinnerst du dich an deine alte Freundin Meiha?«, fragte eines Tages Lütfiye.
»Wie könnte ich sie vergessen? Was ist mit ihr?«
»Sie lebt jetzt ebenfalls in Deutschland.«
»Weißt du wo?«
»Ich glaube, in München. Genau weiß ich es nicht.«
»Aber du kannst es erfahren?«
Hatices Mutter nickte. Die beiden Mädchen waren in ihrer Jugend viel zusammen und hatten sich prächtig verstanden. »Sobald ich es weiß, schicke ich dir die Adresse. Nun erzähl schon, was macht mein Enkel so den ganzen Tag?«
»Wenn er nicht gerade in der Schule ist, mit seinen Freunden spielt oder Schularbeiten macht, nimmt Salih ihn ab und zu mal mit.«
»Wohin? Doch wohl nicht auf eines dieser Schiffe? Hatice, das ist sehr gefährlich.«
»Mama, da kann gar nichts passieren.«
Sobald das Wetter besonders schön war, durfte Serdar mit seinem Vater auf dem Fischkutter hinausfahren. »Das ist das Allergrößte für Serdar, du solltest sehen, wie glücklich der Junge dann ist.«
Netze auswerfen, einholen und den Fang sortieren. Der Junge verspürte niemals Scheu oder Ekel, einen zappelnden glitschigen Fisch anzufassen, einen Krebs am Panzer festzuhalten, Quallen oder Algen zurück ins Meer zu werfen, oder eine Scholle auszunehmen.

Krabbenpulen konnte er schon als kleiner Junge fast so flink wie Frau Byl, die es ihm beibrachte.

Zu dem Zeitpunkt hatte die Firma Byl sich weiterentwickelt. Sie besaßen den Fischkutter, der regelmäßig rausfuhr und für stets frischen Fisch für ihr eigenes Fischgeschäft sorgte.
Dieses wurde im Laufe der Jahre erweitert. Neben frischem und selbst geräuchertem Fisch vergrößerten sie ihr Angebot. Es gab gebackenen und frittierten Fisch, dazu reichten sie selbstgemachte Salate, Brot und Pommes frites. Zuerst wurde nur außer Haus verkauft, später kamen Stehtische, dann richtige Sitzgelegenheiten hinzu. Immer mehr entwickelte es sich zu dem Fischgeschäft und Restaurant, in dem man als Tourist unbedingt gewesen sein musste.
Salihs Aufgabengebiet erweiterte sich dadurch ebenfalls. Er lernte zu räuchern und zu kochen, die Aufgaben in der Firma Byl wurden vielfältiger.

»Ich mache den Führerschein«, verkündete Salih 1981 eines Tages beim Mittagessen.
»Sehr gute Idee«, sagte Hatice. »Den können wir doch gemeinsam machen.«
»Auf gar keinen Fall.«
»Aber ich habe immer davon geredet, dass ich eines Tages meinen Führerschein mache.« Sie erinnerte sich noch gut daran, wie sie ihre Schwiegermutter damit verärgerte, indem sie das behauptet hatte. Führerschein machen und ein Auto kaufen, so war immer der Plan gewesen.
»Aber mein Sohn, dein Ehemann, wird es dir verbieten.« Die harten Worte hallten in Hatices Kopf. Hatte sie nicht damals angekündigt: »Niemals wirst du allein ein Auto steuern.«
Sollte sie recht behalten? Vorerst jedenfalls. Einen Führerschein zu machen ist teuer.
»Okay«, gab sie nach, »du machst zuerst die Prüfung und später,

wenn wir wieder etwas angespart haben, bin ich dran.«
Salih besuchte die Borkumer Fahrschule in der Neuen Straße und reiste für die benötigten Stunden an Autobahnfahrten nach Emden. Dort mussten auch einige Fahrstunden dazu verwendet werden, um zu lernen, wie man sich an Ampelanlagen, Eisenbahnübergängen und auf Landstraßen verhält. Die theoretische Prüfung in deutscher Sprache war schwer zu lesen und zu schreiben, daher erlaubte man Salih, dass ihm die Prüfungsfragen vorgelesen wurden und er diese mündlich beantworten musste. Natürlich bestand er die Prüfung und sofort kaufte er einen funkelnagelneuen Mercedes.
»Wie sollen wir den bezahlen?«, wollte Hatice wissen.
»Wie sagen die Deutschen so schön«, grinste Salih, »wir werden ihn abstottern.«
»Aber wie lange soll das gehen?«
Salih zuckte nur mit den Schultern. Hatice rechnete nach. Ein paar Jahre würde es schon dauern.
Im Laufe der kommenden Zeit schnitt sie gelegentlich das Thema Führerschein an, bis ihr endlich klar wurde: Salih würde es ihr nie erlauben.
In diesem Jahr fuhren sie mit dem Mercedes nach Sinop. Drei Tage und Nächte waren sie unterwegs. Als sie endlich im Dorf ankamen, war es Salih, der genauso wie damals zu Hatices Kinderzeit die Angeber aus Deutschland, mit stolz geschwellter Brust sein Auto vorführte.
Tagelang hörte man die Männer der Familie Günay und Yildirim nur über Autos sprechen. Der Mercedes wurde poliert, gefahren, bewundert und erneut auf Hochglanz gewienert.

KAPITEL 22

Die Änderungsschneiderei lief prächtig und Hatice schickte weiterhin jeden Pfennig, den sie erübrigen konnte, nach Hause.
Ihre Familie hatte sich davon auf den Namen von Hatices Vater ein großes Grundstück gekauft und mit dem Geld, das aus Deutschland kam, ein Haus gebaut und stetig erweitert und verbessert.
Als Hatice wieder einmal in den Ferien nach Hause reiste, sagte ihr Vater Ismail: »Hatice, du hast so viel für uns getan, einen Teil des Grundstückes sollten wir auf deinen Namen umschreiben.«
Hatice war überrascht. Was war mit Papa los? Wird er wunderlich? So kannte man ihn überhaupt nicht.
»Doch, doch«, wehrte er einen erwarteten Einwand seiner Tochter, der niemals kommen würde, ab. »Seit über fünfzehn Jahren kommst du für uns auf, da ist es recht und billig, dass wenigstens ein kleiner Teil dieses Grundstückes auf deinen Namen läuft.« Dabei breitete er die Arme aus, als wolle er andeuten, ihnen gehöre alles, von hier aus gesehen, den Hügel hinunter, durchs kleine Tal hindurch bis ans etwa zwei Kilometer entfernte Schwarze Meer.
»Wir machen einen Termin beim Notar.«
Es wurde ein Treffen beim Anwalt in der Stadt vereinbart.
Ein paar Tage vor dem Termin besuchte Ismail Yildirim Hatices Schwiegereltern. Das tat er gelegentlich. »Man muss die Verwandtschaft pflegen«, behauptete er oft und jeder wusste, dass er und Hatices Schwiegervater sich in Abwesenheit ihrer Ehefrauen gerne die Zeit vertrieben.
Leider erzählte Ismail den Günays von seinem Vorhaben. »Am Montag ist es so weit«, sagte er, »dann gehen wir in die Stadt zum Notar und unterschreiben den Vertrag.«
»Bist du verrückt, Ismail?« Wer anderes als Hatices Schwiegermutter Fatma, war dagegen.

»Aber sie hat alles bezahlt, da sollte man doch ...«
»Was bist du für ein dummer Mann. Deine Tochter ist reich, Ismail, das weißt du doch. Sie lebt in Deutschland und braucht das Grundstück nicht. Tu das auf keinen Fall.«
Von diesem Gespräch erfuhren Hatice und Salih leider erst viele Monate später, sonst wären sie vorgewarnt gewesen.
Statt im Dorf Osmaniye wohnten sie für einige Tage direkt in Sinop bei ihrer Schwester Habibe und Schwager Hasan.
Am kommenden Montag also gingen Hatice und Salih um zehn zum Anwalt, um sich dort mit Ismail zum Vertragsabschluss zu treffen.
»Tut mir leid«, erklärte der Notar. »Euer Vater war heute Morgen schon ganz früh da. Er hat es sich anders überlegt.«
Hatice wunderte es kein bisschen, Salih jedoch war stinksauer.
»Du kennst ihn doch, das ist mein Papa, man ändert ihn nicht mehr.«
»Ja, er ist und bleibt ein Mistkerl. Lass uns nach Osmaniye fahren. Ich will wissen, was passiert ist.«
Als sie dort ankamen, war Ismail verschwunden. Hatices Mutter wusste von nichts, ahnte jedoch, wer dahinter steckte.
Bis zur Abreise nach Deutschland ließ Ismail sich nicht mehr blicken und so war Hatice im Bösen und ohne Abschied zu nehmen abgereist.
Auch die Wochen und Monate danach hörte sie kein Wort der Erklärung von ihm. Kein Anruf, kein Brief, nicht einmal einen Gruß - übermittelt durch die Mutter.

Noch im gleichen Jahr starb Ismail Yildirim, ohne vorher Hatice eine Erklärung gegeben zu haben.
»Papa hat sich so geschämt«, sagte Lütfiye, »bis zum Schluss tat es ihm leid. Nun, wie alle anderen vor ihm konnte auch er weder Haus noch Grund mitnehmen. Was ihm bleibt, ist ein keines Grundstück nur für ihn allein.« Lütfiye sagte es ohne Emotionen und Hatice meinte durchs Telefon ihre ausdruckslose Miene zu sehen, als sie trocken hinzufügte: »Ein mal zwei Meter, mit einem Stein, der seinen Namen trägt. Für immer - oder wenigstens für die kommenden dreißig Jahre. Du musst nicht extra nach Osmaniye kommen. Vater liegt schon

unter der Erde. In zwei Wochen rufe ich dich an und berichte dir, wie es auf der Trauerfeier war.«

Mit den Autos der Neffen, Nachbarn und Bekannten wurden die Teilnehmer von Ismails Trauerfeier zum Haus der Yildirims gebracht. Nachbarn aus der näheren Umgebung kamen zu Fuß.
Den ganzen Vormittag, ebenso wie den Tag zuvor hatten die Frauen das Trauermahl vorbereitet. Es wurde gekocht, gebacken und das Haus geputzt. Stühle, Kisten und Holzplanken wurden herbeigeholt und auf dem Grundstück aufgestellt, da im Haus und unter der Veranda kaum für alle Platz sein würde. Die Männer zimmerten provisorische Tische und Bänke, damit die Gäste beim Essen und Trinken nicht stehen mussten. Sie einigten sich mit dem Hoca, dem türkischen Geistlichen, auf einen Termin. Nachmittags gegen drei. Er würde die Trauerfeier leiten, aus dem Koran lesen und die Gebete sprechen.
Es war der zwölfte Tag nach dem Tod von Ismail Yildirim. Traditionsgemäß wurde er innerhalb von vierundzwanzig Stunden unter die Erde gebracht. Eine übliche Praxis. Zum Gedenken und um zu trauern, traf man sich zwölf Tage später, ein weiteres Mal am einundfünfzigsten Tag nach seinem Tod.
Zur Trauerfeier reiste Hatice an.
Zum Glück war allerschönstes Wetter, das Haus und der überdachte Hof hätten für alle Gäste kaum gereicht. Bei strahlendem Sonnenschein trafen sie nacheinander ein. Die Frauen saßen im Haus oder kurz vor dem Eingang, die Männer hatten sich auf den hölzernen Bänken eingerichtet. Ununterbrochen eilten die Töchter und Enkeltöchter mit Teekannen hin und her, um zuerst den Männern und danach den Frauen einzuschenken. Dann wurden die Teller mit dem Essen aufgetragen. Aus der Nachbarschaft hatten sie sich genügend Geschirr und Gläser zusammengeliehen. Eine übliche Praxis, denn wer nannte schon Porzellan und Besteck für vierzig bis fünfzig Personen sein Eigen. Es war heiß, die Mücken summten, als eingelegte Tomaten, Gurken und Paprika, ein Rindergulasch mit gestampften Kartoffeln

und Weinblätter mit Reisfüllung gereicht wurden. Als jeder zu essen hatte, servierten sie den Frauen. Anschließend gab es süßen Kuchen, der Hoca hatte sich ein wenig verspätet, also tranken alle nochmals Tee. Dass der Hoca eingetroffen war und gleich mit den Gebeten und Gesängen anfangen würde, erkannte Hatice daran, dass die Frauen und Mädchen, die kein Kopftuch trugen, sich jetzt eines umbanden.
Der Knoten war eben gebunden, da hob schon seine laute, weithin tragende Stimme an. Viele der Suren aus dem Koran waren den älteren Frauen geläufig, andächtig, teilweise mit geschlossenen Augen sprachen sie mit. Der Hoca wiederholte einige Passagen immer wieder und die Versammelten sprachen mit. Es erinnerte Hatice an die Andachten in der katholischen Kirche, die sie hier und da einigen ihrer Hausfrauenbundfreundinnen zuliebe besucht hatte.
Nach etwa einer halben Stunde wandten sich alle gen Osten. Gleich war die Andacht vorbei, doch nein, der Hoca war noch lange nicht fertig. Zwei der älteren Frauen wirkten, als müssten sie unbedingt eine Stärkung haben, um bei der Hitze durchzuhalten. Leise stand Hatice auf, schenkte zwei Gläser mit Wasser ein und reichte sie den beiden. Dankbar nahmen sie es an, die Schwiegermutter jedoch strafte sie mit mahnendem Blick. Was denn? Sollte sie etwa warten, bis eine von ihnen umfiel? Die Kinder wurden unruhig, Habibe und eine Freundin brachten sie hinters Haus, wo sie spielen konnten.
Nach einer Stunde endlich war die Andacht zu Ende. Erleichtertes Aufatmen und Tee, immer wieder Tee. Nur gut, dass sie so viel gebacken hatten. Viele mochten noch etwas Süßes essen, bevor die Ersten gingen. Die Kinder tobten, die Mücken summten. Nach vier Stunden endlich löste sich die Trauerfeier auf. Am einundfünfzigsten Tag sieht man sich hier wieder.
Aber Hatice würde dann nicht dabei sein. Eine erneute Anreise wäre zu aufwendig, Serdar würde auch dann keine Ferien haben und auch Salih bekam keinen Urlaub.

KAPITEL 23

Im sechsten Jahr war Hatice nun schon mit ihrer kleinen Änderungsschneiderei selbstständig. Ihr Geschäft lief gut und Salih arbeitete mittlerweile im Nordseehotel.
Dass Hatice einen eigenen Betrieb führte und er nur angestellt war, musste heftig an seinem Selbstbewusstsein nagen. Er redete immer öfter davon, sich ebenfalls selbstständig zu machen. Nur wusste er nicht, womit.
Da hatte er eine Idee.
1982 tat er sich mit einem Freund zusammen. Achim hieß er. Achim pachtete das Restaurant Heinemann. Alles begann recht vielversprechend. Zur Eröffnung kamen viele Leute. Salih erhielt Blumenglückwünsche, sein Freund Achim jedoch keinen einzigen. Das hätte ihn stutzig machen sollen.
Salih war ein guter Koch, hatte so die Zubereitung einiger Fischgerichte bei der Firma Byl gelernt. Er arbeitete also in der Küche, während sich Achim um den Rest kümmerte, Kellner einstellte, die Gäste bediente und vieles mehr. Zu Hatices Leidwesen unterlag ihm die Kasse. Wenn sie ihren Mann fragte, was eingenommen wurde, wich er immer aus.
»Das kann ich dir noch nicht sagen, schließlich müssen wir die Kosten ja von den Einnahmen abziehen«, sagte er heute und morgen hieß es: »Keine Angst, ich bekomme schon meinen Anteil« und viele viele Ausreden mehr.
Drei Monate lang ging das so, ohne dass Salih etwas von einer Abrechnung zu sehen bekam. Zum Glück zog er dann endlich die Reißleine. Er ließ sich seinen Anteil, den Hatice und er in die Ausstattung des Lokals gesteckt hatten, zurückgeben.
Da alle Verträge auf Achims Namen liefen, war Salih sofort raus aus dem Geschäft. Das war ein Glück, aber er hatte drei Monate umsonst

gearbeitet.
Wie später allgemein bekannt wurde, hatte Achim von Anfang an weder soziale Abgaben, geschweige denn Steuern oder all die anderen Kosten wie Strom, Gas, Wasser und die Lieferanten beglichen. Was er mit den Einnahmen machte, weiß keiner. Jedenfalls rauschte Achim wie erwartet nach einiger Zeit mit Pauken und Trompeten in die Pleite. Wie man sich später erzählte, hatte er, ähnlich wie für Salih, auch für alle Borkumer Lieferanten und Handwerker nur Ausreden statt Geld parat gehabt.
Salih jedenfalls kam, wie man so schön in Deutschland sagt: »Mit einem blauen Auge davon.«
Er fand Arbeit bei Fisch Konter, und als die Sommersaison zu Ende ging, arbeitete er in der LVA-Klinik als Handwerker. Doch der Gedanke an eine eigene Selbstständigkeit nagte weiter an Salih.

Den Reinfall mit dem eigenen Restaurant hatten sie finanziell schnell verkraftet. Alles lief gut bei den Günays. Hatice schickte weiter regelmäßig ihrer Mutter Geld und sie besuchten Jahr um Jahr in den Ferien die Familien.
Mittlerweile war die Verbindung mit dem Bus nach Sinop und zurück sehr regelmäßig und preiswert geworden. Die Abgeschiedenheit im Dorf Osmaniye wie in allen anderen Dörfern der Umgebung hatte ein Ende. Man ging regelmäßig zum Einkaufen in die große Stadt und gelegentlich sogar in ein Café an der Strandpromenade, um einen Tee zu trinken und den Kindern ein Eis zu spendieren.
Die Stadt Sinop entwickelte sich schnell, überall wurde gebaut. Im Verhältnis zu Deutschland waren die Preise für Immobilien an der Schwarzmeerküste recht günstig. Hatice, die daheim die Geldangelegenheiten führte, nahm einen Kredit auf und kaufte im Jahr 1985 eine Eigentumswohnung in Sinops bester Lage.
Die Wohnung lag in der dritten Etage. Vor dem Haus verlief die Hauptstraße. Auf der gegenüberliegenden Straßenseite lag ein Park, gleich dahinter die Strandpromenade und das Meer.

Auch wenn Hatice und Salih sich Eigentum angeschafft hatten, sprachen sie niemals von Rückkehr. Die leise Hoffnung von Lütfiye Yildirim, ihre Tochter mit Schwiegersohn und Enkel würden eines Tages zurückkehren, musste sie jedoch aufgeben.
»Mama«, sagte Hatice, »nur weil wir eine Wohnung gekauft haben, heißt das noch lange nicht, dass wir zurückkommen.« Ihr Lebensmittelpunkt würde vermutlich immer in Deutschland bleiben, doch das verschwieg sie lieber.
Ihr Sohn Serdar ging mittlerweile zur Grundschule und später auf die Realschule, seine Muttersprache war eindeutig Deutsch und so sehr er die Heimat seiner Eltern liebte, war doch schon früh klar, das Serdar niemals in die Türkei ziehen würde. Doch über all das schwieg Hatice.
»Auf jeden Fall bedeutet es«, hoffte Lütfiye, »dass ihr jetzt öfter nach Sinop kommen werdet. Sonst lohnt so eine Wohnung ja kaum.«

»Deiner Cousine«, sagte Lütfiye wie beiläufig, »geht es sehr schlecht.«
»Welche meinst du?«
»Die, die dir mal ihre weiße Bluse für das Foto geliehen hatte. Es wird erzählt, dass sie in Sinop vom Armengeld lebt.«
Hatice nickte, es war ein komisches Gefühl, die hochnäsige Cousine in Armut zu wissen. Eigentlich sollte sie Genugtuung empfinden. Doch sie spürte nur Trauer und gleichzeitig die Erkenntnis, sie würde ihr nicht helfen.
»Sag ihr, ich bin kein Dukatenscheißer.«

Wie man sich vorstellen kann, erfreute der Kauf nicht jeden in der Familie. Hatices Schwiegermutter war sehr erbost. Nicht, weil ihre Schwiegertochter eine Wohnung in einem Neubau mitten in Sinop gekauft hatte, sondern weil es Hatice war, die sie erworben hatte. Nur gut, dass ihr Sohn keine Ahnung hatte, wer als Eigentümer im Grundbuch eingetragen war.
Als hätte Hatice es damals schon geahnt, war die Entscheidung über den Eintrag genau die richtige gewesen. Doch davon später.

KAPITEL 24

Hatice war mit dem Hausfrauenbund auf dem Festland unterwegs. Das machten die Damen einmal im Jahr. Meistens dauerte die Reise nur wenige Tage, zumeist übers Wochenende. Sie besuchten Städte in Deutschland und Europas. Auf dieser Reise schlenderten sie über einen Jahrmarkt. Die Karussells interessierten die Frauen weniger, ihr Interesse galt den Ständen, die Dinge feilboten, die es auf der Insel nicht zu kaufen gab. Hatice hängte sich eben ein Lebkuchenherz mit der Aufschrift »Mamas Liebling« um, das sie ihrem Sohn mitbringen wollte, als Ingrid sie auf ein Zelt aufmerksam machte.

»Eine Wahrsagerin.« Ingrid war begeistert und zog Hatice hinter sich her ins Zelt hinein.

»Lass doch den Quatsch«, flüsterte Hatice.

»Ach was. Das wird sicherlich ein Spaß.«

»Ich weiß nicht, ich könnte mein Geld auch für andere Dinge ausgeben.«

»Ach komm, sei kein Frosch. Ich spendiere eine Runde Wahrsagen.«

Mittlerweile standen sie mitten im Zelt. Die Dame mit dem bunten Kopftuch, den dunklen Augen und der gebräunten Haut schaute ihnen erwartungsvoll entgegen. Mit einer einladenden Geste bedeutete sie Ingrid Platz zu nehmen, obwohl sie dabei nur Hatice im Auge hatte. Die fühlte sich alles andere als wohl in ihrer Haut und blieb in sicherer Entfernung abwartend stehen.

Gegen einen Obolus wurde Ingrid die Zukunft vorhergesagt. Nichts Aufregendes, wenn man es mit der Vorhersage für Hatice verglich.

»Jetzt bist du dran.« Ingrid drückte Hatice auf den Stuhl. Nur zögerlich zeigte Hatice der Frau die Handfläche ihrer rechten Hand. Der Blick, den die beiden wechselten, verursachte Hatice eine Gänsehaut. So ein Quatsch, dachte sie. Das gehört sicher alles zum Geschäft. Wenn sie sich so umschaute, war alles hier ein wenig übertrieben, ja fast schon

albern. Die Wahrsagerin selbst, ihre Kleidung und die Dekoration im Zelt erinnerten an »Tausend und eine Nacht.«
Hatice verlor das Blickduell, sie zwinkerte und löste sich vom Blick in die fast schwarzen Augen, indem sie ihre eigene Handfläche betrachtete.
»Entgegen ihrer Freundin«, begann die Wahrsagerin und machte den Eindruck, als quäle es sie selbst, mit dem, was sie gleich sagte, »sieht Ihre Zukunft düster aus. Gleich drei Katastrophen sehe ich. Doch Sie sind eine starke Frau, Sie werden sie alle überstehen. Danach, das kann ich Ihnen versichern, wird Ihr Leben ohne nennenswerte Höhen und Tiefen bis an Ihr Ende weitergehen.«
»Alles nur Humbug«, versicherten sich Ingrid und Hatice anschließend gegenseitig und auch die anderen Damen vom Hausfrauenbund vertraten die gleiche Meinung.
Als die Reise endete und Hatice nach Hause zurückkam, lag dort ein Brief ihrer Mutter. Sie hatte die Adresse von Meiha, sie lebte wirklich in München, geschickt. Hatice nahm sich vor, Kontakt zu der alten Freundin aufzunehmen.

Hatices alte Freundin Meiha war mittlerweile verheiratet und hatte zwei Söhne. Die Familie besuchte die Günays zu Ostern auf Borkum und an Weihnachten fuhren Hatice, Salih und Serdar zu ihnen nach München.
Zu spät merkte Hatice, dass Salih mit ihr ein Verhältnis angefangen hatte.
Meihas Ehemann war sehr konsequent. Als er davon erfuhr, ließ er sich scheiden und ging mit den beiden Söhnen in die Türkei zurück. So hatte Salih bei Meiha freie Bahn. Er brachte sie als seine »Zweitfrau« nach Borkum und bezog mit ihr eine Wohnung. Hatice und Serdar wohnten damals immer noch in der »Olde Melkstee« Nr. 10.
Gegenüber in »Olde Melkstee« Nr. 11 zog jetzt Salihs Geliebte ein.
Doch es kam noch schlimmer. Meiha wurde von ihm schwanger und Hatice forderte von Salih die Scheidung.

Salih wusste, dass seine Frau umsetzte, was sie ankündigte und entgegnete ihr mit Drohungen.
»Wenn du die Scheidung durchsetzt«, warnte er, »bringe ich dich um.«
Im Laufe der Zeit machten diese Drohungen ihr keine Angst mehr, da verkündete Salih: »Wenn du mich verlässt, töte ich den Jungen.«
Mittlerweile war ihm alles zuzutrauen, seit er Meiha kannte, hatte er sich verändert. Die Liebe zu Hatice war versiegt, aber gehen lassen wollte er sie auch nicht.
Seiner Geliebten aber hatte er versprochen, sie zu heiraten. Wie er sein Versprechen halten wollte, bleibt bis heute ein Geheimnis.
Meiha bereute bereits, was sie getan hatte. Auch sie hatte mittlerweile Angst vor Salih, doch was sollte sie tun? Sie hoffte darauf, dass er sich besinnt, sich scheiden lässt und sie heiratet. Sie wollte auf keinen Fall, dass ihr Kind unehelich geboren wurde.
Die kommenden Wochen und Monate waren eine Qual. Nachbarn und Freunde bekamen von all dem alles mit. Es wurde geredet, doch niemand mischte sich ein oder bot Hilfe an. Wie immer diese auch ausgesehen hätte, gegen Salih wäre sie nicht angekommen.
Als das kleine Mädchen dann zur Welt kam, weigerte er sich, sie offiziell als sein Kind anzuerkennen.
Dennoch stand er als Vater in der Geburtsurkunde. Meiha hatte es so im Krankenhaus angegeben. Was einmal in die Geburtsregister der Standesämter eingetragen war, konnte auch ein wütender Salih Günay nicht ändern. Das Mädchen erhielt seinen Familiennamen.
In der kommenden Zeit verlangte er von den Frauen, dass sie sich zusammentaten.
»Wie stellst du dir das vor? Sollen wir alle zusammen in eine Wohnung ziehen? Wir sind hier in Deutschland und nicht im tiefsten Osten der Türkei, wo es niemanden stört, wenn jemand zwei oder mehrere Frauen hat.« In diesem Punkt waren Hatice und Meiha sich einig.
»Du tust, was ich sage«, drohte er seiner Geliebten. »Wenn nicht, verlasse ich dich und das Kind. Wer wird dann für sie sorgen?«
»Ein Kind, das du gar nicht anerkennen wolltest?«

Die ständigen Diskussionen endeten immer gleich. Salih rutschte die Hand aus und er drohte mit noch mehr Gewalt. Gegen Meiha, gegen Hatice und seine Kinder.

»Ich bringe euch alle um«, schrie er und knallte die Türen zu.

Also taten sie, was er verlangte. Einen Tag wurde bei Meiha gekocht und gemeinsam gegessen, dann wieder in Hatices Wohnung. Salih versuchte, aus zwei Familien eine zu machen. Was er damit den Frauen und auch seinem Sohn antat, war ihm egal.

Serdar war zehn, ein Alter, in dem man alles mitbekommt, auch wenn die Erwachsenen es nicht wahrhaben wollten. In der Schule redeten seine Mitschüler darüber. Man hänselte ihn, fragte, ob es stimme, dass sein Vater mehrere Frauen hatte. Serdar litt sehr und lief mehrmals von zu Hause fort, sodass sie ihn mit Hilfe der Polizei suchen mussten.

Hatice hörte ihren Sohn oft sagen: »Ich hasse ihn.« Er redete kaum noch ein Wort mit seinem Vater, war bockig und schloss sich in seinem Zimmer ein.

»Ich ziehe aus«, verkündete Salih eines Tages, in der Hoffnung, dass Hatice am Boden zerstört wäre. Doch ihr und Serdar war es ganz recht. Nun fehlte nur noch die Scheidung, um unter allem einen Schussstrich ziehen zu können. Doch die verweigerte Salih. Er packte seine Sachen und zog die wenigen Meter über die Straße hinweg bei Meiha ein. Die kommenden drei Jahre lebte er mit Meiha und Arsu zusammen, gelegentlich kam er zu Hatice, um seinen Sohn zu sehen. Hatice bat regelmäßig um die Scheidung und auch Meiha war unglücklich in ihrer Situation. Salih hatte sich verändert. Er wurde alles andere als ein netter Lebenspartner und Vater.

Eines jedoch hatte er erreicht. Die beiden Frauen rauften sich zusammen, wurden langsam wieder Freundinnen, was bis heute so geblieben ist.

Als Salih Hatice gegen Ende des Jahres 1989 mitteilte, dass er einen erneuten Versuch in die Selbstständigkeit wagen will, kam ihr ein Treffen im Hausfrauenbund in Erinnerung. Es war bestimmt

schon zwei oder drei Jahre her, als eine der Frauen, sie war für ihre spitze Zunge bekannt, in eher scheinheiligem Tonfall Hatice fragte: »Dein Mann ist für die Emanzipation, stimmt´s? Anders als unsere deutschen Männer ist er nicht in seinem Stolz verletzt, wenn seine Ehefrau ihrer Karriere im eigenen Laden nachgeht.« Mit verdrehten Spitzfindigkeiten konnte Hatice noch nie gut umgehen.
»Hör auf zu stänkern«, warnte eine der Frauen.
»Wieso denn? Ah, ich weiß. Dein Mann hängt auch den lieben langen Tag in der Kneipe rum, während du acht Stunden am Tag arbeitest, abends kochst, eure beiden Kinder versorgst und am Wochenende auch noch Ferienwohnungen putzt. Deiner ist genauso emanzipiert wie Salih. Der hat auch kein Problem damit, dass Hatice den Lebensunterhalt verdient, während er ...«
»Das will niemand hören«, mischte Ute sich ein. »Lasst uns über die nächste Reise sprechen. Wenn deiner dich überhaupt mitfahren lässt«, fuhr Ute die Retourkutsche.
Wenigstens war Salih in dem Fall toleranter als mancher deutsche Ehemann. Er hatte bislang noch nie etwas dagegen, wenn Hatice an den jährlich stattfindenden Fahrten teilnahm.
Doch das war vor der Zeit mit Meiha.
Salih murrte, als Hatice ihm mitteilte, an der kommenden Reise teilzunehmen.
»Ich frage nicht um Erlaubnis, das geht dich gar nichts mehr an.«
»Und dich geht es nichts an, wenn ich mich selbstständig mache.«
»Ein Imbiss? Lass es sein«, warnte Hatice. »Da findet sich bestimmt etwas, das besser zu dir passt.«
»Du gönnst es mir nicht«, war eine seiner harmlosesten Beschimpfungen.
»Salih, wir sind immer noch verheiratet. Wenn es schiefgeht hänge ich mit drin.«
»So denkst du also über mich. Es geht schief, ja?«
»Das habe ich doch nicht behauptet. Aber denk mal an die Lage. Hast du dir das gut überlegt? Wenn es die Flaniermeile wäre, die Bismarckstraße oder die Franz-Habich-Straße. Ja, da konnte ich mir

vorstellen, dass es laufen wird. Aber dort?«
»Du meckerst doch an allem rum, egal was ich anpacke«, rief er und erneut brach ein Streit aus. Am Ende perlte jeder Rat an ihm ab und er mietete ein Ladenlokal in der oberen Strandstraße. Damals keine ideale Gegend für einen Imbiss, der auf Laufkundschaft angewiesen ist.
Salih nahm einen Kredit auf, baute die Geschäftsräume um und kaufte alles, was für einen Schnellimbiss benötigt wurde.
Am fünfzehnten März 1990 war es dann so weit. Er eröffnete den Imbiss und scheiterte. Bereits am Karfreitag, es war der dreizehnte April des gleichen Jahres, also keine dreißig Tage später machte er ihn wieder dicht. Er hatte so gut wie keinen Umsatz gemacht. Täglich eine oder zwei Portionen Pommes frites. Von den Einnahmen konnte man nicht einmal die Heizkosten fürs Frittierfett zahlen, geschweige denn die Miete und alle anderen Kosten wie Strom, Gas, Wasser, Lieferanten, Zinsen und Tilgung und vieles mehr. Für den eigenen Bedarf blieb auch nichts übrig, wenn man davon absah, dass er die angetauten unverkauften Pommes selber essen musste.
Sein Scheitern hatte mehrere Gründe und im Nachhinein redete Hatice sich gerne ein, dass es auch daran gelegen haben mochte, dass die Insulaner aus Solidarität ihr gegenüber nicht zu ihm gegangen sind. So sehr sich die Damen im Hausfrauenbund auch gelegentlich anzickten, wenn es hart auf hart ging, hielten sie zusammen. Hatice war seit über zehn Jahren Mitglied, da schlossen sie solidarisch die Reihen. Niemand kaufte dort ein. Auch die Freundinnen, mit denen sie sich gelegentlich zum Kartenspiel traf und viele ihrer Kunden zeigten sich solidarisch. »Zu einem, der Ehefrau und Geliebte dermaßen quält, geht man nicht. Und wenn er noch so gute Bratwürstchen, Pommes oder Hamburger hat«, verbreitete sich die Devise.
Hatice war zu einer Insulanerin geworden und Insulaner hielten zusammen.
Jeder Einwohner wusste von der Geschichte. Niemand konnte Salih leiden, alle hatten Mitleid mit den Frauen.

In einem Malermeistergeschäft erzählte man Hatice, dass sie sich geweigert hatten, Salih Farbe für seinen Laden zu verkaufen.
»Zu so einem Mistkerl gehen wir nicht«, versicherte eine Bäckereiverkäuferin.
Der Hauptgrund seines Scheiterns jedoch war, dass er einfach zu früh im Jahr das Geschäft eröffnet hatte und nicht die Energie besaß, länger durchzuhalten.
Die Schaufensterscheiben auf der Promenade und in der oberen Bismarckstraße waren mit Brettern gegen Sturm und Regen gesichert, andere Geschäfte mit Zeitungspapier zugeklebt. Die Insel lag äußerlich im Winterschlaf. Nur in den Häusern wurde renoviert, erneuert oder erweitert. Man bereitete sich auf die kommende Saison vor.
Erst kurz vor Ostern öffneten die Eisdielen und viele Lokale, die von Mitte September bis April geschlossen hatten, ihre Türen.
Wer in den paar Sommermonaten sein Geld nicht verdiente, musste zusehen, wie er im Winter finanziell über die Runden kam.
In dieser »saure Gurken Zeit« eröffnet niemand sein Geschäft - nur Salih.
Dann kam der Donnerstag, den Hatice niemals vergessen wird.

KAPITEL 25

Am Vormittag des 21. Mai 1990 ließ Meiha die kleine Arsu bei Hatice in der Änderungsschneiderei, weil sie den Einkauf für die Woche erledigen wollte. Die Kleine schlief friedlich im Kinderwagen, auch das Klingeln des Telefons störte das Kind nicht. »Hatice Günay«, meldete sie sich. Es war Salih.

»Pass gut auf Arsu auf«, sagte er.

»Wie bitte?« Was sollte die Bemerkung?

»Pass gut auf die Kleine auf.« Dann legte er den Hörer auf.

Als Meiha Arsu abholte, hatte Hatice Kundschaft und den Anruf vergessen. Eine halbe Stunde später betrat ein Polizist die Schneiderei. Hatice kannte ihn gut, er gehörte zu ihrer Kundschaft und sie mochte es, wie er sich oft tollpatschig ausdrückte, wenn sie sich gegenseitig neckten.

»Hatice Günay«, sagte er, »du bist jetzt Witwe.«

Im Spaß antwortete Hatice: »Lass dich scheiden, dann heiraten wir.« Aber er fand das gar nicht witzig.

»Mach deinen Laden zu, wir fahren.«

Erst jetzt sah Hatice, dass ein Polizeiwagen vor der Tür stand.

»Wohin?« Hatice hielt es immer noch für einen Spaß.

»In die Olde Melkstee.« In der Straße wohnte sie.

»Was ist passiert?«

»Dein Mann hat sich erhängt.«

»Nein, das kann nicht sein. Ich habe doch eben noch mit ihm telefoniert.«

»Komm. Wir müssen fahren.«

Vor dem Wohnblock, in dem Salih und Meiha wohnten, hielt der Wagen. Zwei weitere Polizeiautos standen bereits da. Vor der Haustür warteten viele Menschen und reckten ihre Hälse. Niemand sagte ein Wort. Meiha schrie wie am Spieß und die kleine Arsu natürlich auch. Eine Mitarbeiterin vom Sozialamt nahm Meiha das brüllende Kind ab und ein Arzt gab ihr eine Beruhigungsspritze. In dem Moment kam auch schon der Leichenwagen vorgefahren. Hinter dem Leichenwagen stand plötzlich Serdar. Er hatte seinen Vater zwei Wochen lang nicht gesehen und mied den Wohnblock, so gut es eben ging, wenn man gleich gegenüber wohnte.

»Mama, was ist los?«

Wie erklärte man einem Zwölfjährigen, dass sein Vater sich im Treppenhaus am Geländer aufgehängt hat? »Papa ist tot.«

Die Mutter von Serdars bestem Freund kam angelaufen. Die Nachricht hatte sich blitzschnell verbreitet. Sie bot Hatice an, Serdar für den Moment erst einmal mitzunehmen.

»Wenn er will, kann er auch bei uns schlafen«, schlug sie vor. Sie ahnte wohl, was in den kommenden Tagen auf Hatice zukommen würde.

Die Mitarbeiterin des Sozialamtes Borkum sorgte dafür, dass Meiha und Arsu für die kommenden Nächte ebenfalls in einer anderen Wohnung untergebracht wurden. Wie in Trance ließ Meiha sich wegführen und Hatice handelte. Sie rief als erstes Meihas Tante in Hannover an, die sie und das Kind für einige Tage zu sich holte.

Bereits am Freitag, keine vierundzwanzig Stunden später, stand Salihs Vermieterin vor Hatices Haustür.

Eine herrische Frau, die sich weder mit netten Worten noch mit Beileidsbekundungen aufhielt. Sie kam sofort zur Sache. »Alles, was in den Geschäftsräumen liegt, muss raus. Und zwar sofort. Ich habe das Lokal anderweitig vermietet.«

»Wie soll ich den Laden leerräumen?«, fragte Hatice, die im Augenblick ganz andere Sorgen plagten. »Ich muss mich um die Beerdigung und um meinen Sohn kümmern. Serdar hat schließlich seinen Vater verloren und ich meinen Mann.«

»Das ist mir vollkommen egal, wie Sie das machen. Sollten die Räume bis zum Monatsende nicht leergeräumt sein, schmeiße ich den ganzen Kram auf die Straße.«

»Ende des Monats? Das ist ja schon in zehn Tagen.«
»Dann würde ich mich an Ihrer Stelle sputen.«
Kaum war sie verschwunden, stand die Kriminalpolizei vor Hatices Tür.
Bei Selbstmord schalten die sie sich immer ein. Hatice und auch Meiha wurden ausgiebig befragt und das mehr als ein Mal. Dazwischen kamen die Anrufe der Schwiegereltern.
»Unser Sohn hängt sich nicht auf«, schimpften Fatma und Hasan Günay. »Vermutlich ist das dein Freund gewesen.«
»Welcher Freund?«
»Man hat uns erzählt, du hast einen Geliebten. Kein Wunder, dass Salih auszieht und sich eine andere Frau gesucht hat.« Die alte Leier und die stets gleichen Vorwürfe, warum ihr geliebter Sohn sich eine Geliebte nehmen musste. Hatice war, wie immer an allem schuld.
Am kommenden Tag verlangten die Schwiegereltern, dass ihr Sohn sofort nach Hause überführt wird.
»Unmöglich. Die Kriminalpolizei hat die Leiche noch nicht freigegeben.«
»Die Polizei«, keifte Schwiegermutter Fatma. »Wusste ich es doch, du hast ihn umgebracht.«
Am dritten Tag dann jammerte sie, dass gegen die türkische Tradition, den Toten innerhalb eines Tages unter die Erde zu bringen, verstoßen wird. Was für eine Schande. Und wer hat Schuld daran? Hatice hörte die Tiraden kaum noch, legte schnell den Hörer auf und überlegte, ob es für Salih eine Seebestattung geben sollte. Er hatte die Nordsee so geliebt.
Und permanent drängte die Ladeneigentümerin. Sie drohte, alles auf die Straße zu werfen, wenn nicht endlich mit der Räumung angefangen wird. So begann Hatice den Imbiss auszuräumen. Sie handelte wie eine Marionette, an deren Schnüre jemand Fremdes zog. Mobiliar, Geräte und Töpfe verkaufte sie für den Bruchteil des Wertes, wobei der Käufer sie ohne Gewissensbisse zu zeigen übervorteilte. Anderes aus dem Imbiss verschenkte sie, wo sonst hätte Hatice damit hinsollen. Auch wenn sich viele Geschichten und

Gerüchte rasend schnell auf der Insel verbreiteten, erfuhren Hatices Freunde und gute Bekannte davon erst viel später. Bestimmt hätten sie ihr geraten, die Angelegenheit auszusitzen und eine schriftliche Kündigung der Räume abzuwarten.

Am vierten Tag wollte Schwiegermutter auf keinen Fall, dass Salihs Zweitfrau und deren Tochter, also ihr Enkelkind an der Beerdigung teilnahmen.
Am fünften Tag, Hatice mochte schon gar nicht mehr ans Telefon gehen, verlangte sie, Salih noch einmal zu sehen. »Er wird in die Türkei überführt!«, verlangte sie.
Am sechsten Tag behauptete sie, er wäre überhaupt nicht tot und Hatice würde das nur behaupten, damit ihr geliebter Sohn keinen Kontakt mehr zu den Eltern aufnehmen kann. »Du hältst ihn von uns fern, das habe ich immer schon gesagt. Aber ich habe dich durchschaut, dir glaube ich kein Wort mehr. Ich will jetzt sofort meinen Sohn sprechen.«
»Ich muss jetzt auflegen, die Kriminalpolizei steht wieder vor der Tür.«
Die Kriminalbeamten kamen dieses Mal unangekündigt. Hoffentlich bedeutete es, dass der Spuk endlich vorbei war und die Leiche zur Beerdigung freigegeben wird.
Aber nein, sie hatten noch mehr Fragen. Zuerst die Standardfragen, die Hatice bereits sechs Mal beantwortet hatte. »Nein, er hat sich benommen wie immer. Ja, ich habe keine Anzeichen erkennen können und nein, er hat niemals davon gesprochen, sich das Leben nehmen zu wollen.«
»Und warum haben Sie auf den Anruf nicht reagiert?«
»Wie konnte ich denn ahnen, was Salih damit meinte.«
»Er hat nur: Kümmer dich um Arsu gesagt!«
»Nur das. Die Kleine war ja bei mit in der Schneiderei. Dann hat er aufgelegt.«
»Das Gleiche hat die Lebensgefährtin Ihres Mannes auch gesagt.« Es war den Kommissaren anzusehen, dass sie immer noch ihre Zweifel

hegten.
»Und das mit Ihrer Dreiecksbeziehung lief gut?« Was für eine dämliche Frage. Natürlich war es eine Belastung für alle. »Meiha und ich mussten an unsere Kinder denken.«
Wie sollte man Männern erklären, warum Frauen, die eigentlich Todfeindinnen sein sollten, gute Freundinnen waren. Was blieb ihnen anderes übrig? Der Tradition behaftet hatte die Frau dem Mann zu gehorchen und die Kinder brauchten einen Vater. Scheidungen gab es nur, wenn der Mann sie verlangte. Doch der Hauptgrund, weswegen Hatice und Meiha gute Miene zu Salihs bösem Spiel machten, war das Wohl der Kinder.
»Sie haben den gleichen Vater, sie sind Halbgeschwister.« Damit erntete sie nur Kopfschütteln von den Beamten. Sie schenkten der Freundschaft keinen Glauben.
Im Gegenteil. Einer der Herren ließ durchblicken, dass, wenn die Gemeinschaft so dicke war, es in Betracht zu ziehen sei, dass beide Frauen - gemeinsam - ...
Dabei machte er mit der Hand eine Bewegung, die alles offen ließ. Sie hegten also den Verdacht, dass Hatice und Meiha seinen Tod verursacht hatten.
Mit dem belastenden Gedanken ging Hatice am Abend des sechsten, siebten und achten Tages zu Bett. Sie schlief schlecht, dachte daran, was werden sollte, wenn dieser völlig aus der Luft gegriffene Vorwurf sie und Meiha ins Gefängnis bringen würde. Was wird aus Serdar? Was aus Arsu?
Die ständigen Anrufe der Schwiegermutter vergifteten Hatices Leben mehr und mehr. An böswillige Anschuldigungen gewöhnt, übertraf die Schwiegermutter sich in diesen Tagen selbst. Auch sie gab abwechselnd Hatice, dann Meiha die Schuld am Tod ihres Sohnes. Wie ein Automat versorgte sie Serdar, brachte ihn sogar zur Schule und verkroch sich in ihrem Laden, um zu arbeiten. Im Kontakt mit den Kunden konnte sie wenigstens stellenweise alles vergessen und sich nur auf die Änderungsschneiderei konzentrieren. Die vielen Beileidsbekundungen machten ihr Mut und brachten ein wenig Licht

in die trüben Tage.
Die Freundinnen brachten Blumen und Süßigkeiten. Jeder bot seine Hilfe an, doch niemanden mochte Hatice von den Ermittlungen der Polizei und den Vorwürfen der Schwiegereltern berichten. Sie sehnte sich zu ihrer Mutter, die, da war Hatice sicher, helfen würde, wäre sie nicht im fernen Sinop.
Acht Tage nach Salihs Tod, völlig mit den Nerven am Ende, ließ Hatice das Telefon einfach klingeln, auch wenn sie dadurch auf die tröstenden Worte ihrer Mutter und der Schwestern verzichten musste. Sobald Serdar zu Hause war, konnte seinetwegen kein Anruf kommen und sie zog den Stecker heraus.
Gegen Mittag des neunten Tages standen die Kriminalbeamten erneut vor der Wohnungstür.
Der Fall sei geklärt, sagten sie, der Tod einwandfrei als Selbstmord dokumentiert. Der Leichnam würde nun zur Bestattung freigegeben werden.

In diesen neun Tagen lag Salih in der Leichenhalle. Die zusätzlichen Kosten, die dadurch entstanden waren, zahlte weder die Kriminalpolizei noch sonst eine Dienststelle.
Neben den Schwiegereltern drängte jetzt auch Hatices Familie darauf, das Salih überführt werden sollte.
Ein teures Unterfangen. Allein die Überführung in die Türkei verschlang ein Vermögen. Am Samstag kam der Chef des Beerdigungsunternehmens zu Hatice. Sie suchte einen Sarg aus und gab ihm den Anzug und das Hemd, dass Salih tragen sollte. Danach klärte der Bestattungsunternehmer sie über den Transport auf und kam übergangslos zur Bezahlung. Er verlangte Vorkasse. Aber so viel Geld konnte Hatice so schnell, zumal an einem Wochenende, nicht zusammenbringen.
»Je länger Sie warten«, sagte der Bestattungsunternehmer, »umso kostspieliger wird es. Rufen Sie mich an.« Er legte seine Visitenkarte auf den Tisch und verabschiedete sich.
Hatice wandte sich in ihrer Not an die hilfsbereite Mitarbeiterin des

Sozialamts der Stadt Borkum. Die beiden kannten sich seit Jahren. Man grüßte sich, wenn man sich auf der Straße begegnete und gelegentlich redete man auch ein wenig miteinander. Sie gehörte zu Hatices regelmäßigen Kundinnen.
»Leider kann das Sozialamt in diesem Fall nicht helfen«, sagte sie. »Doch ich kann es.« Sie lieh Hatice aus eigener Tasche dreitausend Mark, damit Salih endlich nach Sinop gebracht werden konnte.

Dass sie die vergangenen Tage und auch jetzt unter Schock stand, zeigte sich, als sie im Flugzeug saß und in die Türkei flog.
»Fliegen Sie in den Urlaub«, fragte die Sitznachbarin.
»Nein. Mein Mann liegt als Leiche gleich unter uns.«
»Ich verstehe nicht?«
»Er ist auch in diesem Flugzeug. In einem Sarg.« Erst jetzt erlaubte sich Hatice zu weinen.

KAPITEL 26

In der Ferne erklang Donnergrollen am eisgrauen Himmel. Wolken türmten sich übereinander, doch erst nachdem Salih unter die Erde gebracht worden war, brach der Regen los. Donnerschlag um Donnerschlag dröhnte es vom Meer herüber und hallte in den Bergen wider.
Noch nie hatte Hatice so einen Wolkenbruch gesehen. Der Regen hämmerte senkrecht gegen die Scheiben. Von der Überdachung vor der Haustür tropfte es bis in den Flur hinein. Wasser überall, nur ihre Augen blieben trocken.
Genauso schnell, wie das Unwetter gekommen war, verzog es sich auch wieder.
Die Gäste waren gegangen, einige Frauen räumten auf, wuschen das Geschirr und verabschiedeten sich ebenfalls nach und nach. Nachdem Hatice den letzten Rest an Energie darauf verwendet hatte, die Beerdigung einigermaßen würdevoll hinter sich zu bringen, war sie nur noch müde. Sie betrat ihr Zimmer, ließ sich aufs Bett fallen und schlief sofort ein.
Ein paar Stunden später fühlte sie schon beim Erwachen, dass die Tortur noch nicht vorüber war. Sie nahm eine Kopfschmerztablette mit einem großen Schluck Wasser, und noch ehe sie ausgetrunken hatte, schreckte sie die Stimme der Schwiegermutter auf. Mit aufgehaltener Hand stand sie vor ihr.
»Die Schlüssel«, verlangte sie.
»Welche Schlüssel?«
»Für die Wohnung in Sinop. Die gehört jetzt uns. Wir sind Salihs Erben. Also, her damit.«
»Richtig, du, dein Mann und mein Sohn, ihr alle seid Salihs Erben.«
»Also«, drängte sie und bewegte fordernd die Finger.
»Die Schlussel kannst du vergessen. Erstens«, rief Hatice und ihr

Gesicht war knallrot vor Wut, »habe ich die blöden Dinger nicht bei mir und zweitens«, dabei beruhigte sich ihr Herzschlag ein wenig und zum ersten Mal seit Tagen verspürte sie, wieder Luft zu bekommen. Und noch ein Gefühl machte sich in angenehmer Weise in ihr breit. Ab sofort würde sie in Gegenwart von Fatma Günay freier als jemals zuvor atmen können. Auch wenn sie in Zukunft Fatma Günay nur noch gelegentlich sehen oder sprechen musste, schließlich ist sie Serdars Großmutter, war doch der gewaltige Druck, als Schwiegertochter vollkommen untauglich zu sein, von ihr genommen.
»Und zweitens«, sagte Hatice, wobei sie sich ein zufriedenes Lächeln gönnte, «wirst du die Schlüssel niemals in die Finger bekommen. Die Wohnung gehört mir allein. Du kannst ja im Grundbuch nachschauen lassen. Und ja, liebste Schwiegermama, nimm dir gerne einen Anwalt, aber der wird dir auch nicht helfen können.«

Auf dem Rückflug nach Deutschland erinnerte das Gesicht der Stewardess Hatice an die Wahrsagerin.
»Drei große Schicksale«, hatte die Frau prophezeit, »danach wird Ihr Leben ruhiger werden.«
Sollte die Frau recht behalten? Hatice verspürte seit Tagen zum ersten Mal wieder Hunger. Sie war nur noch Haut und Knochen und wog kaum noch fünfundvierzig Kilo. Sie aß das Flugzeugessen komplett auf und fühlte Hoffnung.
Zurück auf der Insel kehrte vorerst keine Ruhe ein. Mittlerweile waren Meiha mit Arsu aus ihrer Wohnung aus- und mit Sack und Pack nach Hannover gezogen.
Es dauerte keine Woche, da stand Meiha mit der Kleinen auf dem Arm und dem Möbelwagen, der in der Zwischenzeit nicht einmal ausgepackt worden war, bei Hatice vor der Wohnungstür.
»Auf dem Festland kenne ich niemanden«, klagte Meiha. »Hier habe ich wenigstens ein paar Freunde.«
»Bei uns könnt ihr nicht wohnen«, sagte Hatice, frustriert darüber, dass Meiha sie mit allem allein hat sitzen lassen. Ein Zusammenzug würde für niemanden gut ausgehen, schon gar nicht für Serdar. Er

hatte die vergangenen vierzehn Tage bei der Familie seines Freundes verbracht.
»Du hättest mich unterstützen können«, sagte Hatice, war sich jedoch im Klaren, dass niemand in der Türkei Meiha bei der Beerdigung geduldet hätte.
»In Sinop und in Osmaniye wäre ich gesteinigt worden«, sagte Meiha. Damit hatte sie recht.

Für Salihs Kinder musste die Halbwaisenrente beantragt werden. Bei Serdar gab es da keine Probleme, bei seiner Halbschwester Arsu aber wohl.
Meiha hatte Salih als Vater bei der Geburt angegeben, doch um das Kind offiziell als seines anerkannt zu bekommen, musste Hatice mit Meiha in die Türkei reisen. Heutzutage ist dazu nur ein Speichelabstrich der Halbgeschwister notwendig, um die Verwandtschaftsverhältnisse zu klären, damals war es schwieriger.
Hatice reiste mit Meiha und den Kindern nach Sinop. Ausgestattet mit allen Papieren, die ihnen das Sozialamt zusammengestellt hatte, gaben sie vor Gericht an Eides statt bekannt, dass Salih der leibliche Vater von Arsu ist. Hatices Schwiegermutter Fatma war ebenfalls vor Gericht geladen. Zuerst versuchte sie zu verhindern, dass jemand erfuhr, dass ihr Sohn eine außereheliche Tochter gezeugt hatte, später dann zeigte sie Freude an dem hübschen Enkelkind. Sie nahm Hatice und Meiha das Versprechen ab, keinem etwas davon zu erzählen. Doch ein Enkelkind kann man auf Dauer vor niemandem verstecken.
So wurde Arsu Monate später eine Halbwaisenrente zugesprochen.
Irgendwie hatten Salihs Eltern Bescheid darüber bekommen, dass es für Arsu in Deutschland eine beträchtliche Rentennachzahlung gegeben hat. Sie freuten sich darauf, dies als Erbe einstecken zu können.
Doch das Borkumer Sozialamt machte einen Strich durch Fatmas Rechnung. Das Geld stand der Gemeinde zu, da Meiha seit der Schwangerschaft bis zum Zeitpunkt von Salihs Tod und darüber

hinaus von Sozialhilfe lebte.

Hatice arbeitete fleißig, sie wollte so schnell wie möglich die geliehenen dreitausend Mark an zurückzahlen. Auch viele andere Rechnungen mussten beglichen werden. Dazu sollte der Mercedes verkauft werden, ehe Schwiegermutter auf die Idee kam, ihn haben zu wollen. Glücklicherweise war der Wagen seit einigen Monaten abbezahlt.
Hatice selbst hatte immer noch keinen Führerschein und brauchte auf der Insel auch keinen. Die langen Fahrten bis in die Türkei waren ihr nie angenehm gewesen. Ab sofort würde sie wieder fliegen.
Hatice verkaufte den Wagen und beglich einige der ausstehenden Rechnungen.
Dann schien die Schonfrist für die junge Witwe vorbei zu sein. Offene Rechnungen vom Imbiss, gefolgt von Mahnungen und einem Schreiben vom Amtsgericht trudelten ein. Alles in allem ging es um neunzigtausend Mark, die Salih als Kredit aufgenommen hatte und von dem kein einziger Pfennig zurückgezahlt war.
Der Bankdirektor der Borkumer Volksbank war sehr behilflich. Er stellte Hatice seinen besten Mitarbeiter zur Seite, der sie ins Rathaus zur Schuldenberatung begleitete. Dort versicherte man ihr, dass sie nach deutschem Gesetz für die Schulden ihres Mannes nicht aufzukommen habe.
»Und was bedeutet das?«
»Keiner kann von Ihnen verlangen, dass Sie das Geld zurückzahlen.«
»Dann gehen der Maler, der Klempner, die Maurer, Fliesenleger und viele andere, denen Salih Geld schuldet, leer aus?«
Schuldenberater und Bankmitarbeiter nickten. «So ist das Gesetz. Ihr verstorbener Ehemann hat den Kredit alleine aufgenommen und Sie leben nachweislich laut Einwohnermelde- und Sozialamt bereits seit über drei Jahren getrennt voneinander, daher sind Sie zur Zahlung nicht verpflichtet.«
»Das will ich aber. Wie soll ich sonst mit gutem Gewissen weiter

hier leben können? Ich wohne auf Borkum und möchte für immer hier bleiben. Da kann ich unmöglich den Menschen, Freunden und Bekannten jeden Tag in die Augen schauen, ohne mich schlecht zu fühlen. Wenn sie der Schulden meines Mannes wegen auf ihren Forderungen sitzen bleiben, wird das immer an mir hängen bleiben. Ich muss auch an Serdar denken. Er soll auf keinen Fall darunter leiden schräg, von irgendjemandem angesprochen zu werden. Und die kleine Arsu? Auch ihr wird man hinter vorgehaltener Hand ewig vorhalten, dass ihr Vater ihnen Geld schuldet. Nein, das will ich nicht. Ich übernehme die Verpflichtungen.«

»Sie werden Jahre, was sage ich, Jahrzehnte daran abzahlen müssen.«

Hatice blickte sie stumm an.

»Sind Sie sich wirklich sicher?« Der Schuldenberater versuchte noch eine Weile, es ihr auszureden und der Bankangestellte murmelte etwas von: »Das hat der Chef vorhergesehen.« Er verstand, wie wichtig es für Hatice ist, den Schuldnern, ohne ein schlechtes Gewissen haben zu müssen, überall auf Borkum frei begegnen zu können.

Die Bank gewährte ihr den Kredit. Er würde zwanzig Jahre und vielleicht noch länger laufen, bescherte ihr jedoch ein reines Gewissen.

Monat für Monat, Jahr um Jahr kam sie diesen Verpflichtungen nach und schickte zudem regelmäßig Geld an ihre Mutter.

Als Serdar mit der Realschule fertig war, finanzierte sie ihm das Abitur in Esens. Da es damals wie heute keine weiterführende Schule auf der Insel gibt, müssen alle Inselkinder, wenn sie das Abitur machen wollen, zum Festland gehen. Einige können bei Verwandten unterkommen, die meisten jedoch gehen in Esens aufs Gymnasium. In der Heimschule können sie lernen und wohnen und werden verpflegt. Eine kostspielige Angelegenheit, denn der Staat zahlt nichts dazu.

Auch schaffte Hatice es, ihrem Sohn ein anschließendes Studium zu ermöglichen. Er studierte in Oldenburg und arbeitete nach dem Examen als Diplom-Ingenieur zunächst sechs Jahre in London.

Heute lebt er mit seiner Ehefrau in Hamburg. Die Verbindung zur Heimatinsel Borkum hält er noch immer.

KAPITEL 27

Seit nunmehr über zwanzig Jahren lebt Hatice in Deutschland und immer noch verbringt sie wenigstens ein Mal im Jahr einige Tage oder Wochen in der alten Heimat. Die Familie ist mittlerweile gewachsen. Ihr Halbbruder Erdovan heiratete Hediye. Sie haben drei gemeinsame Kinder.
Bruder Murat heiratete Fikriye. Sie haben fünf Kinder. Habibe ehelichte Hasan und bekam ebenfalls fünf Kinder, ebenso wie Cetin mit seiner Ehefrau, die in der Zwischenzeit nach Istanbul gezogen waren.
Auch Schwester Nurhayat und den gehassten Schwager Salim zog es in die Millionenstadt. Hatice hatte (nachdem er mit ihr eine Scheinehe eingehen wollte) über zehn Jahre kein Wort mit ihm gesprochen. Sie lebten jetzt ebenfalls in Istanbul und haben drei Kinder. Ihr ältester Sohn, Erol, wurde zu Hatices Lieblingsneffen. Erol hat kein einziges von den egoistischen und gemeinen Genen seines Vaters geerbt. Erol ist ein anständiger, aufmerksamer und freundlicher junger Mann, der sich sobald er erwachsen war, vom Elternhaus löste und eine eigene Unterkunft suchte.
Eines Tages, Hatice war zu Besuch in Istanbul, besuchte sie mit Neffe Erol ein Konzert. Sie verbrachten einen angenehmen Abend und genossen die Musik. Es wurden Erinnerungsfotos gemacht, auf denen Hatice mit Erol Arm in Arm zu sehen war.
»Und wieder einmal bringst du Schande über die ganze Familie«, schnaubte Salim, als sie Monate später zu Besuch bei ihrer Schwester war.
Seine Stimme hatte den wohlbekannten wütenden Klang, mit einem leichten Unterton, den Hatice im Moment nicht einzuordnen wusste, später jedoch einen Sinn für sie ergab.
Hatice saß mit ihrer Schwester zusammen, sie tranken Tee, als Salim

einen zerknitterten Briefumschlag auf den Tisch warf und wütend mit dem Zeigefinger darauf herumtippte, als wäre Hatice zu dumm, um zu sehen, worüber er sich aufregte.

»Das ist eben angekommen.«

»Was soll das sein?«

Salim zog einen Zettel und ein Bild aus dem Umschlag. Es war ein halbes Foto und zeigte Hatice. Die Person neben ihr auf der Fotografie war abgeschnitten: Man konnte jedoch gut erkennen, dass es sich um einen Mann handelte, der seinen Arm um Hatices Schultern gelegt hatte und sie fest an sich drückte.

»Mit welchen Kerlen hast du dich wieder herumgetrieben?«, rief Salim, ohne ihr eine Gelegenheit zur Antwort zu geben. »Jetzt haben wir den Salat. Aber dich kümmert das ja nie. Du in deinem schicken Deutschland. Um den guten Ruf unserer Familie nicht zu schädigen«, wobei er auf sich und Nurhayat deutete, »verlangt der Erpresser dreißigtausend Mark.«

»Dreißigtausend Mark? Wofür das denn?«

»Dafür, dass er das Bild nicht in Umlauf bringt.«

»Eine wahnsinnig große Summe für so einen Quatsch?«

Hatice warf das halbe Foto auf den Tisch. »Niemanden in Istanbul interessiert es, ob ein Mann einen Arm um mich legt. Den Erpresserbrief kannst du wegschmeißen.«

»Niemanden?«, fauchte Salim. »Sind wir niemand? Da sieht man mal wieder, wie egoistisch du bist. Niemals denkst du an die anderen. Der gute Ruf deiner Schwester ist dir egal. Und meiner erst recht. Was glaubst du, wie sich die Menschen in Osmaniye und in Sinop den Mund zerreißen werden, wenn sie erfahren, dass eine junge Witwe aus unserer Familie sich mit fremden Männern rumtreibt.«

»Ich treibe es nicht mit Männern.«

»Doch, das tust du. Der Beweis liegt vor dir.« Er griff danach und wedelte mit dem halben Foto vor ihrer Nase herum.

»Der Erpresser bedroht uns. Vor allem aber deine Schwester, das ist dir klar.«

»Das ist doch lächerlich. Womit bitte schön, will er sie denn

bedrohen?«
»Er droht. Das sollte dir reichen. Also hole das Geld und bezahle. Das bist du deiner Schwester und der ganzen Familie schuldig.«
»Zahlen? An wen denn?«
»Der wird sich wieder melden.«
»Zeig den Brief mal her.«
Salim griff danach und steckte ihn in die Tasche. »So weit kommt es noch. Das ist Männersache. Du solltest froh sein, dass ich für dich das Geld übergeben werde.«
»Du kannst ihm sagen, wenn er auch nur eine Mark haben will, soll er sich direkt an mich wenden. Vorher sieht er keinen Pfennig.«
Wer hinter allem steckte, war klar. Dass Salim es wagte, so eine simple und perfide Erpressung zu versuchen, passte zu ihm. Doch dass er Hatice für so blöd hielt, die Angelegenheit nicht zu durchschauen, schmerzte.
Nurhayat jedenfalls war dumm genug, ihm zu glauben. Oder sie tat nur so. Hatice würde in den kommenden Tagen wieder weg sein, sie aber musste mit Salim auch in Zukunft klarkommen.
Am Ende meldete sich der Erpresser natürlich nicht mehr.
Seither trifft sich Hatice mit ihrer Schwester nur noch ohne Salim. Wenn sie nach Istanbul kommt, begegnen sie sich auf neutralem Boden, meist in Erols kleiner Wohnung.
Nur ein Mal sprach Erol davon, der seither seinem Vater so gut es eben möglich war, aus dem Wege ging. Erol war sehr wütend. Hatice hatte vorgehabt, ihm eines Tages von dem Tag zu erzählen, da Salim sie nach Istanbul gebracht hatte, doch das würde sie wohl nie mehr tun.
Also verloren sie kein einziges Wort mehr darüber. Allen war klar, dass weder Erol noch Nurhayat Salim etwas von den Zusammenkünften erzählten.

KAPITEL 28

Das Haus Möwennest gibt es heute noch. Aus den Zimmern des ehemaligen Kinderheimes wurden mehrere Ferienwohnungen. Hatices Änderungsschneiderei befindet sich gleich gegenüber.

Hatices Schwiegermutter starb 2011. Der Haselnussbaum gleich neben der Einfahrt zum Grundstück der Günays soll Serdar gehören.

Im Jahr 2013 bekam Hatice ein Glückwunschschreiben von der Borkumer Volksbank. Der Mitarbeiter, er war mittlerweile Direktor geworden, teilte ihr in einem freundlichen Schreiben mit, dass sie ab sofort schuldenfrei ist.

Die Freundschaft zu Nuray besteht bis zum heutigen Tage. Auch wenn Nuray seit Langem schon auf dem Festland lebt, telefonieren die beiden gelegentlich miteinander.

Die Schlamperei von Ismail Yildirim, als er seine Kinder als Zwillinge ins Geburtenregister eintragen ließ, hat Folgen bis zum heutigen Tag.
Hatice konnte erst im Alter von tatsächlich gelebten siebenundsechzig Jahren ihre Rente ab fünfundsechzig bekommen, ihre Schwester Nurhayat erhielt ihre Rente zwei Jahre früher. Ihre Unterlagen wiesen sie für fünfundsechzig aus, obwohl sie erst dreiundsechzig war.

Noch heute hängt das einzige Foto, das damals bei Hatice und Salihs Hochzeit gemacht wurde, in ihrem Wohnzimmer über dem Sofa. Darauf sieht man ein junges Mädchen mit langen dunklen Haaren in einem alles verhüllenden weißen Kleid, weißen Handschuhen und etwas Spitze im Haar, die dem frisch angetrauten Ehemann nur bis zur Schulter reicht. Es wirkt, als würde ein Kommunionskind neben seinem Onkel stehen. Das Bild wurde im Dorf aufgenommen. Links hinter Hatice sieht man eine Frau im dunklen Kleid, mit einer Schürze und einem Kopftuch. Eine der Nachbarinnen. Von der Familie ist nur Hatices Schwager Hasan zu sehen, der damals noch ein Kind war.

Die Vorhersage der Wahrsagerin scheint in Erfüllung gegangen zu sein. Hatice führt ein zufriedenes katastrophenfreies Leben.
»Meine Änderungsschneiderei werde ich so lange betreiben, wie es die Gesundheit zulässt. Ich fühle mich wohl auf Borkum. Hier ist mein Zuhause, hier habe ich mein Leben gut eingerichtet«, sagt Hatice. »Und ich kann mir einen alten Traum erfüllen, ich reise viel.«
In den vergangenen Jahren war sie in Australien, in Dubai, China, Ägypten, auf den Kanaren und an weiteren schönen Orten auf der Welt.
Sie hat viele Freunde, ist immer noch im Hausfrauenbund tätig und spielt seit fast dreißig Jahren in einem Knobelclub.
Alle vierzehn Tage geht sie zum Stammtisch. Karten- und Würfelspiele sind ihre Leidenschaft, aber niemals geht es um Geld.
Seit Salihs Tod sind Meiha und Arsu fester Bestandteil ihrer Borkumer Familie. Sie liebt das Mädchen ebenso, wie sie Serdar liebt, der 2014 Fatma, genannt Fatos, geheiratet hat. Die beiden leben in Hamburg. Hatice mag ihre Schwiegertochter sehr. Fatos hat das Herz auf dem richtigen Fleck.
Hatice und Mutter Lütfiye verbindet bis heute eine innige Zuneigung. Sie telefonieren fast jeden Tag miteinander. Die alte Dame ist seit zwei Jahren pflegebedürftig und musste aus dem Dorf in die Stadt Sinop ziehen. Sie wird von Habibe und Hasan versorgt.
Im Haus in Osmaniye lebt seit Jahrzehnten ihr Bruder Murat mit seiner Familie.
Serdar überlegt, ob er auf dem großen Grundstück selbst ein kleines Ferienhäuschen bauen soll.
Trotz der schweren Vorwürfe hält Hatice den Kontakt zu Salihs Brüdern, Schwägerinnen, Nichten und Neffen. Schließlich sind sie alle

Blutsverwandte ihres Sohnes. Serdar scherzt gerne: »Ich glaube, wenn ich alle zusammenzähle, habe ich an die achtzig Vettern und Cousinen.«

Bartın
Kilimli
Zonguldak
Çaycuma
Zonguldak
Gökçebey
Ereğli
Devrek
Yenice
Alaplı
Karasu
Kandıra
Kocaali
Kaynarca
Yığılca
Mengen
Ferizli
Söğütlü
Cumayeri
Düzce
Kocaeli
Sakarya
Hendek
Gölyaka
Kaynaşlı
Gerede
Körfez
İzmit
Serdivan
Bolu
Yeniçağa
Başiskele
Arifiye
Dörtdivan
Akyazı
Karapürçek
Bolu
Pamukova
Mudurnu
İznik
Seben
Kıbrıscık
Taraklı
Göynük
Osmaneli
Gölpazarı
Güdül
Nallıhan
Yenipazar
Beypazarı
Bilecik
İnhisar
Sarıcakaya
Söğüt
Ayaş
Pazaryeri
Bozüyük
Mihalıççık
İnönü
Eskişehir
Alpu
Beylikova
Polatlı

SINOP

Sinop
Doğanyurt
İnebolu
Bozkurt
Çatalzeytin
Cide
Sinop
Gerze
Şenpazar
Küre
Küre Dağları Milli Parkı
Ağlı
Azdavay
Pınarbaşı
Devrekâni
Hanönü
Dikmen
Taşköprü
Daday
Boyabat
Eflani
Durağan
Kastamonu
Saraydüzü
Araç
İhsangazi
Kargı
Ovacık
Tosya
Osmancık
Bayramören
Ilgaz
Gümüşhacıköy
Dodurga
Çerkeş
Atkaracalar
Kurşunlu
Hamamözü
Korgun
Yapraklı
İskilip
Oğuzlar
Çankırı
Orta
Bayat
Çankırı
Çorum
Eldivan
Mecitözü
Şabanözü
Uğurludağ
Çorum
Kızılırmak
Ortaköy
Çubuk
Sungurlu
Alaca
Sulakyurt
Akyurt
Aydıncık
Kalecik
Pursaklar
Boğazkale
Ankara
Elmadağ
Delice
Balışeyh
Kırıkkale
Kırıkkale
Bahşılı
Yozgat
Sorgun
Gölbaşı
Keskin
Akçakent
Çiçekdağı
Karakeçili
Balâ